苏东坡传

人生如逆旅　我亦是行人

谢依/著

華文出版社
SINO-CULTURE PRESS

图书在版编目（CIP）数据

人生如逆旅，我亦是行人：苏东坡传 / 谢依著. -- 北京：华文出版社, 2018.2（2022.2重印）

ISBN 978-7-5075-4832-7

Ⅰ.①人… Ⅱ.①谢… Ⅲ.①传记文学—中国—当代 Ⅳ.①I25

中国版本图书馆CIP数据核字（2017）第324143号

人生如逆旅，我亦是行人：苏东坡传

著　　者： 谢　依
责任编辑： 南　洋
出版发行： 华文出版社
社　　址： 北京市西城区广外大街305号8区2号楼
邮政编码： 100055
网　　址： http://www.hwcbs.cn
电　　话： 总 编 室 010-58336239　　发 行 部 010-58336267
责任编辑 010-58336195
经　　销： 新华书店
印　　刷： 三河市明华印务有限公司
开　　本： 880×1280　1/32
印　　张： 8
字　　数： 172千字
版　　次： 2018年7月第1版
印　　次： 2022年2月第2次印刷
书　　号： ISBN 978-7-5075-4832-7
定　　价： 39.00元

序言

提起宋朝和宋词，人们总是绕不过苏轼。烟雨迷离的大宋王朝给今人留下更多的是旖旎的梦境，而当时的人们体会更多的或许则是悲欢离合的考验。伟大的词人苏东坡在这样一个时代里，以曲折的命运酿成了一杯豁达的酒。六十六载人生似梦，酒入愁肠，梦境交错间，诗歌翻飞，只为“与尔同销万古愁”。

在那个不安的时代，满腹才情的他，注定了要历尽坎坷。

在那个波澜壮阔的时代，深陷痛苦的他，才能在颠簸的人生中领略豁达。

在那个灿烂的时代，才华横溢的他，谱写出了绚丽的诗词。

就这样，苦难的大宋，美丽的大宋，在辜负他的同时也成全了他。任时光穿越千年，他依然在人们的心中熠熠生辉。

苏东坡在我们心中的地位，用喜欢来表达似乎略显不足，以甚爱喻之倒更妥切。

是的，有中国人的地方，大抵都会吟诵“但愿人长久，千里共婵娟”，也会激昂“大江东去，浪淘尽，千古风流人物”，还会遥想“横看成岭侧成峰，远近高低各不同”，歌咏“春宵一刻值千金，花有清香月有阴”等千古佳句名言。

是的，有中国人的地方，东坡先生的身影无处不在，他的芬芳诗意无时不在。

掬一束诗行，犹如山涧清流汩汩而下，不经意溅起浪花朵朵，轻柔地拂过我们干涸的心田，滋养浮萍一片片，葱绿沧海变桑田。

随时，随缘，随遇，随安。东坡先生在我们身旁，亦如昨日。

走进中国诗词文章的浩瀚宇宙，与先生一起可仰望星宿，可俯首揽月，亦可与一杯香茗相视而笑。生命是绚烂的，时光是静谧的，长河亦是相连的。就如走进东坡先生家的竹林时，心情也是特别的。春笋初发的季节，林间日光婆娑，叶儿沙沙摩挲，箜篁幽幽中一片澄明的清净，仿佛正响彻当年少年的读书朗朗。

而他除了带给我们悠然的心境之外，更留给世人无限的憧憬之情。

在散文成就上，苏东坡与父亲苏洵、弟弟苏辙以及唐代韩愈、柳宗元和宋代的欧阳修、王安石、曾巩等并称为“唐宋八大家”，与欧阳修并称“欧苏”。

在诗歌造诣上，与书法家、大诗人黄庭坚并称“苏黄”。

在作词风格上，与豪放派的辛弃疾并称“苏辛”。

在书法高度上，与黄庭坚、米芾、蔡襄并称“苏黄米蔡”。

在绘画艺术上，以文同为师，在墨竹绘画上造诣颇深，并提出了“士人画”的概念，为后世“文人画”的发展奠定了理论基础。

东坡先生不仅在艺术上焕发神采，一生中还与水结下了不解之缘，抗洪，抗旱，疏堵，他与水抗争，与天地抗争。他主持西湖治理工程，利在千秋，功在万世；他建造了中国历史上第一家公立医馆；他喜欢炼丹、酿酒、好茶、美食、山水、交友、花木……他爱生活中一切的美好。

出世的姿态，入世的精神。苏东坡，觉醒的有情众生。

也正是因为这份豁达，使得他身上从始至终都散发着一种青春与不朽，才被一代又一代文人大家所称道。

难怪清初诗人王士祯说：“汉魏以来，二千余年间，以诗名其家者众矣。顾所号为仙才者，唯曹子建、李太白、苏子瞻三人而已。”

王国维则说：“以宋词比唐诗，则东坡似太白，欧、秦似摩诘，耆卿似乐天，方回、叔原则大历十子之流。”

苏门四学士之一的黄庭坚道：“人谓东坡作此文，因难以见巧，故极工。余则以为不然。彼其老于文章，故落笔皆超逸绝尘耳。文章妙天下，忠义贯日月。真神仙中人。”

林语堂曾说：“李白，一个文坛上的流星，在刹那间的壮观惊人的闪耀之后，而自行燃烧消失，正与雪莱、拜伦相似。杜甫则酷似弥尔顿，既是虔敬的哲人，又是仁厚的长者，学富而文工，以古朴之笔墨，写丰厚之情思。苏东坡则始终有青春活力。”

历史上文人墨客对苏东坡赞不绝口，历朝历代的政客对他也十分崇敬，阡陌之上，时有“竹外桃花三两枝，春江水暖鸭先知”的歌声嘹亮而来……

如果你也深沉地爱着苏轼的豪情，苏轼的才情，苏轼的真性情，那么愿你同我一起穿越世间风雨，溯洄到宋时岁月，追寻他一生的轨迹，与他结识，同他并行，和他一起经历沉浮，领会人生真意。

目录

第一章
尘相逢，绚丽而破碎的大宋

慢时光里的成长

自长江逆流而上，一路浩荡江水如海一般壮阔。经汉口过三峡，便来到了四川。“吾家蜀江上，江水绿如蓝。”过重庆直达水源地有一石佛，与山同高，由江边悬崖巨石雕刻而成。船经这里，便来到了凌云山，此石佛便是乐山大佛。此处便是岷江、青衣江、大渡河汇流之处。

乐山向北数十里之外，便是眉州眉山镇。小镇不大，但提起三苏却无人不晓。因为三苏便是从这个小镇走出去的，自此载入了中国史册，成为无数人追慕的对象。

“想见青衣江畔路，白鱼紫笋不论钱。”物产丰饶的眉山镇，是三苏父子的故乡。父亲苏洵，生有二子，长子苏轼，字子瞻，号东坡；次子苏辙，字子由，号颍滨遗老。父子三人占唐宋八大家三席之地。

自战国时代的李冰治水后，千年以来，川西沃野千里，永无水患。眉山稻田菜圃竹林荷塘，一年四季风物不同。特别是在每年的五六月份，处处荷花盛开，香气扑鼻。一路随着石板路而上，便是苏家。苏东坡正是出生在这一处田园秀色中，这让他的性格里天生拥有了对自然山水的向往。也许出生在这样的环境里，任是何种生命，底色都会变得明亮吧。

苏家院子也和那时的人家一样装潢，迎面便是一道白白的影壁，院子收拾得素净却又生机盎然。院里左边种着一棵梨树，此时正是绿叶萌发之时。一树新绿，映衬着灿烂的阳光，明媚又舒展。院子右边有一个池塘和一片菜畦。如花园一般的景致里，杂花生树竹林幽幽，温馨而舒适的院落里住着殷实而厚道的苏家人。

宋仁宗景佑三年十二月十九日，即公元1037年1月8日，苏家又一次传来了婴儿的啼哭声：苏轼在苏家的满怀期待中出生了。苏轼的父亲苏洵此时27岁了，他的第一个孩子是女儿。长女之后生了一个儿子，但儿子却在幼年时不幸夭折，因此苏轼便成了苏家的长男。苏家上下沉浸在喜悦中。苏轼的出生让一直期待拥有一个儿子的苏洵终于得偿所愿。

苏洵激动得双眼含泪："夫人辛苦，夫人辛苦。母子平安，终归是母子平安呐！"苏家相当于现在较富裕的中产之家。家里有几个丫环，苏轼的姐姐也一直由奶娘照顾着，这次为了照顾苏轼，家里早又雇了一个奶娘。

苏洵吩咐奶娘把小小的苏轼抱了出去，让自己的父亲看看。苏家祖父此时已有63岁了，这个年轻时高大而俊秀的男人不仅性格豪爽，更是酒量极大，生性慷慨。

苏轼的祖父名"序"，古人讲究写文章必然要避开父母与祖父母的名讳，所以苏洵碰到"序"时，以"引"字代替，苏轼也一样不用"序"字，他用"叙"字代替。

一生衣食无忧的苏家祖父，最喜欢的便是拿一壶酒与众亲友席地而坐，开怀畅饮。这天祖父一直在堂屋等，一见到奶娘把孩子抱了出来，便喜欢得马上迎了过来。

奶娘喜气洋洋大声报喜："恭喜老太爷，得了个金孙子！"

祖父激动得胡子都在颤抖，双手小心翼翼地接了过去，仔细观察了下苏家的长孙：眉眼开阔，接着听到洪亮哭声，当下大笑："好！好！好！好好带下去照顾着，千万小心看着！"这边赶紧吩咐厨房给里屋送汤，要丫环们好好照顾刚刚生产完的儿媳。

在苏轼的记忆里，祖父行事豪爽，荒年开仓放粮，行善事必躬亲。别人屯米面，祖父却用自家的米换谷子。

一到荒年，别人家发给饥民的米面都霉坏了，只有苏家耐储存的谷子碾出的米粒粒粒晶莹，这也让苏老太爷成为远近皆知拥有大智慧的大善人。苏序有两个儿子，苏洵是长子，但天性寡言，性格古怪。年少时苏轼和祖父相处日久，那股豁达与爽快很像其祖父。

苏家诗礼传家，进退有度。苏家重视子女的教育问题，只是苏轼的父亲苏洵却是苏家的例外，他个性太强，不服管教，在读书这件事情上根本不努力。但苏洵天资优越，处事谨严，是长辈眼中值得信赖的人，得到了程家的青睐，把女儿嫁给了她。

苏家人才济济，是眉山有名的家族。苏洵的哥哥，两个姐丈都考取了功名。但苏洵却从不考，更不努力，父亲却总是说："不需发愁，顺其自然。"已经27岁的儿子丝毫不知上进，换作别人早已经气得跳脚，而苏轼的祖父却是优哉游哉。

连亲家程家都觉得苏洵有此天资却不肯正用，生生连累了自家的好女儿。要知道程家比苏家家业更大，家产更丰，程苏两家的联姻也可以看作是苏家得了一位难得的好媳妇。让人想不到的是，苏洵27岁得了苏轼后突然发愤苦读，文名大噪。

即使到后来，苏轼文名响彻全国，父亲苏洵之名也不为苏轼之名所掩，可知苏洵天资之罕见。27岁开始努力，却依然能修成正果，苏洵也算得上天才了。《三字经》中所说的，“二十七，始发愤”。便是说的苏老泉：苏洵。

苏轼晚年曾回忆幼年随父读书，自觉深受父亲影响。如果没有苏洵的发奋，那也就不可能有苏轼幼年承受的家教。苏轼更不可能年未及冠即“学通经史，属文日数千言”。决意努力之后，苏洵对自己孩子的教育也极其严格。

苏轼6岁时就进了学堂，这个学堂人不算少，有学童一百多人，只有一个道士作老师。聪明而善于学习的他和另一个学生陈太初最受先生喜欢。后来陈太初也考中了科举，但他一心求道，考中之后出家做了道士，一心求仙去了。

苏轼天资聪颖，但即使如此，回到家他还要把当天的功课全部背一次，完整无误才可吃饭。这样的日子持续到了8岁，父亲苏洵准备进京赶考了。小小的苏轼对于进京赶考还有些懵懂，但那一天母亲很早就张罗着让他起床了。

父亲拿着大大的包袱出了卧室，身边跟着的仆人手里也拿了几个包袱。母亲内秀而贤惠，张罗着各色事务，把路上要用到的东西都准备了两份。母亲程氏在孩子的面前并没有表露什么，她只是把父亲要披的那件大衣细细地捋了一次又一次。

父亲在饭厅用早饭，仆人默然地在父亲身后等。家里笼罩着高兴又不舍的气氛，这是苏轼没有体会过的，他穿好衣服之后听母亲的话去了饭厅。父亲看见了他，招手叫他进去。父亲抱着他吃早饭，却不像平日里那般细细地询问功课，只是交代着要听母亲的话，用功学习，不得懈怠。

良久，母亲似乎卡好了父亲用早饭的时间，在父亲落筷起身的那一刻出来为父亲披上出门的大衣。夫妻之间的默契让这样的动作如行云流水般自然，母亲为父亲系上衣扣，父亲没有说什么，却悄悄地按了按妻子的手。母亲抬头看了父亲一眼，这一眼正落在父亲的眼眸里。一眸情深，日夜相处之中很多事已无需多言。

这一幕，小小的苏轼全都看在了眼里。他乖巧地不说话，父亲转身抱起了他，摩挲着他的头顶。苏轼不由自主地抱紧了父亲，父亲也用力地抱了抱他。站在一旁的弟弟苏辙比苏轼更不明白发生了什么，父亲也抱起了苏辙，想说什么却终究什么也没有说。

“时间不早了，启程吧。”母亲说道。

“嗯，在家多保重。”父亲看着母亲轻声说道。

“好，别担心。”

小小的苏轼看着父亲告别之后向外走去，父亲要去到外屋和祖母祖父告别。

这一别，很长很长时间都没有父亲的音信。

程氏在丈夫苏洵进京赶考时就说过，考中最好，即使没有考中也不要急着回来，在外游历几年也是好的。若是想考就继续考，不需要担心家中老小，一切有我。

母亲程氏不是寻常的闺阁女子，她深知读万卷书不如行万里路，嫁给苏洵之后更是力所能及地为丈夫创造一切游历的条件。正是因为母亲的眼界与大度，父亲苏洵才放心把家都交给她。母亲能干又聪敏，家中大小事务料理得井井有条，不仅与父亲举案齐眉，在家族中也很受看重，公婆更是把她当成了主心骨，一应大小事情都交由儿媳管理。

如果不是因为第一个儿子夭折，家中长辈和贤妻会更早地让苏洵进京赶考。而现在儿子苏轼聪明伶俐，小儿子苏辙也聪慧有加，苏洵这一趟拖延了数年的进京赶考之旅终于得以成行。虽有不舍，但更多的是期待与希冀。寒窗苦读多年，一朝见分晓。苏洵担当起了整个苏家的期望，也带走了妻子程氏的无限思念。

留在家里的程氏为了苏轼的教育费尽心血，每天苏轼从学堂下课之后，母亲程氏一定是早早地备好了茶汤饭食，陪着他一同用毕后，母亲便会把苏轼的习字与作文收上来，细细查看。这一小段时间里苏轼苏辙可以自由活动，找小伙伴玩耍。

半个时辰之后，仆人把苏轼带到母亲程氏面前，温柔的母亲会一个字一个字地为苏轼指出错误与遗漏。之后再完成先生布置的作业。因为天性聪敏，苏轼总能一字不漏地把先生所讲的文章背诵出来，习字也认真而细致。

每一个夜晚，母亲与苏轼的身影都会叠加在窗户之上，滴漏声声，烛光盈盈。稚嫩的童声背诵着先贤文字，温和的讲解如夏日里润泽的风，一丝丝浸透着母亲的用心良苦。母亲讲解得很细致，祖父祖母怕母子二人过于辛苦，经常会派人送些吃的过来，并提醒着早些歇息。晚上天气好的话，他们还会亲自过来看看苏轼的作业，检查下功课的进度。弟弟苏辙慢慢地长大了，也开始习字学文。

祖父对学习有着过人的达观：“不需过多强记硬背，书上之事不过是些死事，多出去行走说话，劳逸结合！”

在祖父看来，四川人自基因里带来的雄辩之才在每一处乡野皆可感受。

“祖父，带我去见识见识。”苏轼牵着弟弟雀跃不止。

“这有何难！”在祖父的眼里，书读进去之后要倒得出来才叫本事。

及至乡野地间，一手持酒，一手挥斥方遒的祖父引经据典，妙语连珠。苏轼大为惊异，等跟随祖父多走了几次之后，他就习惯了这等阵仗。逻辑能力条条过硬，反应速度其应若响，用词有力，对答如流，四川人的雄辩之才在苏轼的身上体现得淋漓尽致。到了后来，这一能力变成了苏轼政论文章中的锋刃、诡辩游说之时的利剑，让他一生获益无穷。

苏轼很聪明，母亲每晚给他讲的那些历史故事他都能很快地找到要义。有一次母亲程氏教了他《后汉书》中的《范滂传》。范滂是后汉时的一位青年文人，由于直言劝谏而惨遭杀害。那时的后汉政权由宦官一手掌控，贪污成风，贿赂四行，滥杀滥捕大为盛行，与范滂一同被杀的文人数不胜数。范滂的母亲深明大义，她支持儿子的选择，因而范滂才能在人生的最后时刻从容就义。

看到这里，苏轼轻声问母亲：“如果我做了范滂，母亲你怎么想？”

程氏闻言，莞尔一笑：“难道你都做了范滂，我却连范滂母亲都做不了吗？”简单的回答，可见苏家之家风，更可见母亲教育的用意。

苏轼的父亲在他8岁后离家赶考，并没有一举得中，随后一直在外面游历，结交朋友增长见闻。母亲在家每日操持家务，教育苏轼和苏辙两兄弟。两年之后，父亲苏洵回家了。虽未得中，但是母亲却是喜悦大于失望。两兄弟更是喜出望外，孺慕之情溢于言表。

父亲苏洵回家之后，两兄弟的学业交由他来管。父亲细细地考校了两兄弟的功课，程氏的教育无疑是非常成功的，苏轼苏辙不仅倒背如流，而且对学问有着自己独到的理解与见地。11岁之后，父亲对苏轼的功课更为看重，开始安排大量的经书、史书和诗篇要他学习。不仅如此，还为他精选出了大量的美文，这一切都是为了进京赶考做准备。

在家里，母亲程氏依然贤惠而端庄，而父亲苏洵则带着两兄弟在书房里念书讲课。苏洵很讲究基本功，要求两兄弟不断复习和重温经史子集，务必做到烂熟于心，出口成诵。每天的古文背诵是例行功课，还要根据父亲所出的选题作文。

苏家总是书声朗朗，不绝于耳。母亲细心打点着父子三人的吃穿住行，和乐而安宁的家庭氛围让苏轼自小就拥有乐观而自信的心态。在他的心里，完美的母亲正是天下贤德妻子的典范，而相敬如宾的父母则是天下伉俪的表率。在这样的家庭中长大的苏轼很早就明白了家庭的意义，他和弟弟苏辙更是兄友弟恭，无话不谈。

一位贤惠的妻子对于家庭意义重大，后来苏轼也用自己的一生证明了这个道理。

这间小小的书房，在很多年之后，当“三苏”的名号响彻天下之时，成为了无数读书人的向往之地。它承载了三苏成长学习的时光，它孕育过璀璨的文学之光。

苏轼和弟弟苏辙自小由母亲指导完成基础学业，再由父亲苏洵亲自教导。苏家的读书之风虽然严谨，却并不教条。苏洵与程氏对待兄弟两人的学业管教十分严格，却也会为他们留有自由发展的空间。两人完成学业之后，父母并不多管，任由两兄弟去玩耍。苏轼与苏辙自小天性自然，从不以读书为苦，反而以读书为乐，出去玩耍时也会带上一本书。

如苏诗所言：“川平牛背稳，如驾百斛舟。”这正是写他在牛背上一边放牧，一边读书的景象。“舟行无人岸自移，我卧读书牛不知。”这一句也是写他放牛时读书的怡然心态。没有那般从容的读书放牛，何来这样天真自然的诗句！正是因为天性从未被拘束，苏轼作文时直抒胸臆，一出口便是佳句迭出，从不像那些酸腐文人为赋新辞强说愁。

苏轼曾经说过，要写出好文章，必然心中要有话想说，有话可说。一旦开始说，便应该如行云流水般自然，不应有挂碍。如果觉得话已说完，万不可强而行文，应马上停止。这里说的便是文思与行文要求，正是因为明白如何去说，如何停止，苏轼的文章才跳脱了无数小文人狗尾续貂的窠臼，立意高远，雄浑畅达，句虽终而意无尽也。

苏轼和苏辙年纪还小时，除了读书以外，童年的生活也充满了诸多乐趣。比如他们最喜欢玩的凿地游戏，一群小伙伴团结一心挖出一条小沟，再引来水，这便是长江大河。又或者是搬来大量的土，建起一个土墩在上面点火，这便是烽火。

天地之大，好玩的地方太多，甚至有一次苏轼与苏辙两人在土里挖出了一块石头，细细洗干净之后发现这块石头是浅绿色，呈鱼形的石块满布银色的星星点点，苏轼好奇拿着去敲，发出的声音铿然清脆。“哇，这声音不同凡响！”两兄弟像捡了宝一样把石头捧了回去。

一身泥土的苏轼与苏辙冲回了家里，“爹爹，我们找到了一块宝贝！”

苏洵把儿子们珍而重之捡回来的石头仔细一打量，“咦，这居然是一块上好的砚石。待为父仔细看看。”

父子三人围着这块石头仔细打量，最后父亲苏洵确认：“的确是块难得一见的好砚石！努力用功，这可能是老天爷给你们俩的鼓励！”一向表情严肃的父亲都乐开了怀！

要知道一块好砚石很是难得，砚石必须要有气孔，要善于吸收潮气，更要能储存潮气，一方好砚是文人至宝。那时流行由父亲亲手挑选一块好砚台送给孩子，上面还要刻上精心选择的句子，孩子要妥善保管至长大成人。

最为高兴的是父亲苏洵，他认为两兄弟捡回来的这块石头代表着苏家将在文学上有大造诣。而这块由苏轼与苏辙一起捡回来的石头也成了两人童年共同回忆的见证。丝毫不在意孩子们身上的泥土，一家人为拥有这块新砚石而开心不已。

没有这样开明的父母，苏轼何来这洒脱的性情！

在苏轼的一生中，他最亲近的便是弟弟苏辙。在往后的岁月里，与弟弟苏辙的情谊成为了他一生最温暖的记忆。哪怕相隔千里，兄弟俩也时常梦见彼此，心中所爱所恨所亲所感，两人更是知无不言，言无不尽。

“我少知子由，天资和且清。岂独为吾弟，更是贤友生。”这是苏轼为弟弟苏辙写的诗，在他心里，弟弟不仅是最亲近的家人，更是难得的良友与知己。实际上，苏轼的父亲与母亲，苏轼的家庭与家族也是苏轼一生的宝藏，正是因为有这样美满的家庭，正是因为拥有这样难得的亲人，苏轼一生的底色才会如此深厚与温暖。无论人生遭逢什么样的境遇，苏轼永远是那样达观与豁亮。因为爱他的人与他爱的人，一直陪伴在他的身边，长久地依偎在他的心里。

这个在宋仁宗景祐三年十二月十九日出生的孩子，在漫长的时光里终于成长为一个自信而豁达的少年，才气横溢，笑声爽朗。

来生嫁给苏东坡

有人说："来生嫁给苏东坡，哪怕历尽千年的情劫。"

只是，当年青春年少的苏轼还不是个情痴，而是一个满腹经伦的小才子，由于深受着儒、道、佛三种文化的熏陶，他甚至一度想要隐居山林。

即使拥有这样的执念，直到遇见她，一切都变了。

她是王弗，是茫茫历史中的沧海一粟，却是苏轼生命中最重要的人。

自古诗人总多情，古代许多天性浪漫的才子注重与恋人的情投意合，更渴望刻骨铭心的爱情，苏轼也不例外。而温暖了苏轼的这段情感，却显得中规中矩。原因很简单，苏轼的姻缘来自父母的包办。在苏轼还没来得及思考爱情是什么的时候，父母便忽然告知他未来将与王家女儿终身为伴。这让苏轼心中不禁泛起了一丝忧虑。

对于包办的婚姻，此时的苏轼心中更多的是反感，因为他曾有一个姐姐叫八娘，因父母包办婚姻，将八娘嫁给程之才。程之才是苏轼外婆家的表兄，父母的意思是亲上加亲，也便于照管女儿。可到婆家后没多久，八娘便饱受折磨，抑郁而终。因为女儿的惨死，作为父亲的苏洵内心尤为不愤。苏洵专门写了一首诗痛骂程家，并且深为自责，认为自己瞎了眼才会把女儿嫁给程家。他还编了一个家谱，把整个苏姓全族全部请到。那天父亲苏洵一脸悲痛，身披素衣，满院的草木都透着萧条。祭酒祷告祖先之后，苏洵向全族人历数程家的失德丧行：

“程家就是这方圆三十里的大盗贼，我不敢大声告诉乡邻，只能在这里警告全族人。程家纵情淫乐，势利小人，嫌贫爱富，宠妾灭妻，赶走幼侄，独霸家产，简直是乡邻的耻辱！这样无德无心之人，枉为人！”

苏家全族哗然，个个目瞪口呆，但不到两秒钟全都开始大骂程家。终归是血肉至亲，八娘的死让这些看她长大的亲朋难以接受，但苏洵的反应却大大出乎苏家人的意料。要知道这个程家其实就是苏洵的岳丈家，如此痛骂的确让人意想不到。其实八娘的惨死给苏洵内心划了一道弥合不了的伤口，他已经暗下誓言，此生不与程家人来往。所以苏洵才会不顾一切，痛骂程家！这件事之后苏洵还警告苏轼与苏辙，终生不准与程之才再来往。父亲苏洵平素寡言少语，但内心悍烈的性格也遗传给了苏轼，到了苏轼晚年他的性格也表现出了苏洵的特质。

苏轼很喜欢姐姐，姐姐的惨死对当时一心想学道归隐的苏轼来说，心理上的影响尤其深远。苏轼的母亲更因为女儿的惨死而无法释怀，丈夫的心情她理解，作为母亲她也无法原谅娘家的所作所为。因为这份心病，她的身体开始变得衰弱。这件事情让当时16岁的苏轼第一次明白婚姻的意义重大。他期待拥有像父母亲一般安稳的婚姻生活，但却惧怕遭遇姐姐那样悲惨的境遇，他对自己未来的妻子人选更为慎重了。

两年后，苏轼被告知，自己将与这名素未相识名叫王弗的王家女儿彼此守护终生。她究竟会不会是一个令自己中意的姑娘？苏轼的心中一边排斥着这段突如其来的陌生婚姻，一边又对王弗产生了好奇。

与此同时，这位王家小姐也对自己的未婚夫产生了好奇，想知道自己所嫁之人究竟是一个什么样的人。

未曾谋面的两个人，却有着同样的心思。不过按照当时的礼教，在婚前两人是不能够见面的。可这毕竟关系到自己一生的幸福，所以苏轼还是想要更多地了解这位小姐，或者是能见上一面。

苏轼先是托人在邻里间打听这位小姐的情况，邻里都说她是个才貌双全的女子，这让苏轼很高兴，也更加想见一见她。于是，苏轼托好友找到了王弗的丫环玉兰，表明心思，想约王弗见上一面。王弗得知后，欣然同意了，两人约在重阳节那一天见面。

因为在重阳节这一天，年轻的女子可以外出，两人的见面，也不会被发觉。

该来的缘分，总会到来。冥冥之中，两个人仿佛被命运牵引，在重阳之前，就阴差阳错地结下了一段缘。

相传在青神中岩寺陡峭的岩壁下，有一池清澈的池水。一日，寺院的住持找到贡生王方的书院，希望他能够给这个雅致的水池取个名字。王方就是王弗的父亲，他是这里的乡贡进士，在当地很有威望。他邀请远近的青年才子前来，为这别致的家乡一景命名。同时，他最疼爱的女儿王弗正待字闺中，因此在他心中也存了以此择婿的打算。

苏轼正是这些慕名而来的青年才俊中的一员。才子们七嘴八舌地说了不少名称，可是王方始终没有表态。

苏轼一直在池边徘徊良久，却没有说什么。过了一会，他忽然双手击掌，喟然叹息："可惜可惜，如此清澈的泉水，却见不到一条游鱼！"

可是，就在他拍手之后，意想不到的事情发生了：在水池石缝间竟然有鱼闻声游出，并连番跃动起来，在水间嬉戏。此时的苏轼大为所感，心中一动，便开了口："我想，这鱼儿听见游人拍手就跳跃起来，想必是能听懂人的呼唤，那这片池子就叫'唤鱼池'好了。"

闻听"唤鱼池"三字，王方平静的脸上浮现出了惊喜之色，他赞许地看着苏轼，连连拍手称好。

可苏轼不知道，与此同时，那躲在窗帘后的王弗也早写下了"唤鱼池"三字，要递给父亲。素未谋面的两个人，却不约而同地有了相同的想法，这实在是一种难得的缘分。

王方对苏轼留下了很好的印象，更在内心认定苏轼做自己的女婿。而这时苏轼并不知道王弗已经偷偷地芳心暗许。

重阳节前一天，苏轼便住到青神县好友家里等待着去见王弗。第二天一早，苏轼便早早地赶到了唤鱼池，可是转了一圈也未见佳人踪迹，他四处观望，忽然发现，在不远处的石凳上有一抹倩影。

苏轼心中料想这一定是王弗了。他忙上前去客气地唤一声："小姐久等了。"

苏轼正等着小姐转过身来施礼时，却听见那姑娘笑着说："苏公子，我是小姐的丫环玉兰。"

苏轼吃了一惊，以为是自己哪里失礼以至于让小姐生气走了，心中不免划过一丝失落，可他又有些不甘心，便追问起小姐的去向。

玉兰笑着说：“小姐让我带话给苏公子，她不看你的相貌了。”

这样的回答反而使得苏轼更加疑惑了。

玉兰见苏轼很心急的样子，便说：“小姐说：‘重貌而不重才，是鄙俗之见。只有重才而不重貌的人，才具有高尚的品质与诚意。’”

正在苏轼疑虑未消之际，玉兰又说：“小姐还说，‘既已爱君之才，无须再相君之貌了。’”

听到这话，苏轼惊喜万分，对王弗又多了一份钦佩，不由得心生爱慕之情。

他高兴地说道：“小姐有如此高雅的学识与品德，学生佩服至极！”

玉兰又试探着问：“苏公子，你还相不相我家小姐的貌呢？”

苏轼急忙回道：“请玉兰姐转告小姐，不相了不相了，学生已仰慕小姐的人品了。”

这次的经历，让苏轼在不知不觉中闯入了情感的大门，之前对婚姻的恐惧也随之消散。

“父母之命，媒妁之言”在这一场天作之合的婚姻中，这对才华横溢的夫妻，更多体会到的是无边的幸运和幸福。

能够赢得苏轼青睐的，究竟是怎样的女子？

王弗是十足的大家闺秀，虽然身为女子的她没能进学堂读书，但是因为父亲是乡贡进士，学问很高，所以王弗从小接受了良好的教育，性聪慧而内敛，知书达理，又爱读书，有着贤良淑德的品性，有着蕙质兰心的气韵。

婚后，王弗成了苏轼最贴心的伴侣，她常常为苏轼“红袖添香夜伴读”，这件他们生活里最寻常的事，也被苏轼烙印在心底。王弗可以说是苏轼最合适的伴侣，因为王弗的性情沉静，与苏轼的豪放粗略正为互补。

为人处世之时，王弗总能为苏轼锦上添花。

每当苏轼读书的时候，王弗总守在他身旁陪伴，有时候苏轼偶有遗忘的篇章，王弗却能够在一旁提醒，这让苏轼感到惊异。当苏轼向王弗提问一些文章和知识时，王弗基本上都能知晓回答，这样苏轼更对充满才情的妻子多了一份敬意。如花美眷在侧，那些品读诗书的时光更添了几分温柔情味，深深地印在了苏轼心底，成为永恒的美丽记忆。

进京赶考，奔向命运

在苏轼所处的那个年代，读书就是背诵书。现在读者们看到的书都是加过标点的书，过去的书都是竖版印刷，而且没有任何标点符号。在背书时，学生要自己去加标点，老师在听背诵内容之时就能知道学生是否真的理解了这些文章。

“读书最是累人，读不通更是读不懂。”这是苏轼一位最贪玩的同窗常说的一句话。的确如此。

学堂里孔夫子的头像高悬，进去之后便是衣着素净的先生和学生，笔、墨、纸、砚依次而放，书声朗朗，读的无非是“圣人之说”与“之乎者也”。读进去了便是学问，读不进去便是煎熬。好在苏轼读进去了。

过了11岁，苏轼进入中等学校，开始准备自己的科举考试。这个学校比原先的学堂要大一点，里面有一个大院子，院子里树荫浓密，树下有石桌石凳，靠墙栽种了一溜的爬藤与花草，一年四季郁郁葱葱，花香袭人，间或有小果实隐然其中。苏轼喜欢拿一本书，一边读一边从墙角走到石桌，再从石桌走到墙角，来回往复细念斟酌。

在这个中等学校，为了应付考试，所有的学生都要求熟读经史诗文，每一本古籍都要求熟读至背诵，最好能读到脱口而出。打铃的仆人是学校请的一位杂役，他还包干着这个学堂打扫和修补的活儿。每到课点，杂役便拿着一条长长的铁棒子，重重地击打悬挂在院里大树杈子上的工字型铁条，两相碰撞发出的声音似寺庙撞钟一般，深沉而悠远，盖住所有的喧嚣与嬉闹。

到了课堂之上，问过安之后，学生先要把上一次课上讲的功课背诵一次。学生背向老师，这样避免看到老师敞开在桌面上的书本，一字一句不得遗漏，更不得有误。苏轼读书时，教学的进度要看书的厚薄，学完一本书之后，熟背无误才能继续学下一本。那时班上最用心的学生还会把整个经史子集都抄写一遍，苏轼也是其中一员，他甚至把最厚的书用毛笔小楷整整齐齐抄了两遍。“哥，你也太用功了，这本书抄完你还把所有的注释都标上去了啊！”弟弟苏辙拿着苏轼的习字帖大为感叹。

“读一遍是一种想法，背一遍又有新的进益，等到抄的时候把心里想的那些标注一下，更方便记忆复习。”苏轼恍然已经进入了读书之乐的境界，那块亲手捡到的砚台早已成了他的心头宝，几年读书生涯，不知磨秃了多少支毛笔，这块砚台却被淋漓的墨水润泽得黑亮生辉。

很多的蜀地士子都“相继登于朝，以文章功业闻于天下”。也正是因为如此，蜀地的读书风气甚为浓厚，家家都以读书为荣。苏家的小院子影壁已补新过几次，院落后的竹林已经长到一丈来高，每逢微风拂过，便是沙沙如水波般荡漾。苏轼兄弟的读书声经常从里面传出来，年复一年，竹笋破土昂扬，日复一日，谦谦君子玉汝于成。苏轼深深地扎根于这片土地，受着父母师长的教育，受着环境的滋养，这里在不知不觉中成了他生命中不可分割的一部分，在多年后，被称为苏轼的“故乡”。

眉山，不仅养育了苏轼，这片土地也成为天下文人的倾慕之地。数十年之后，另一位大诗人专程来到眉山，就为了看一眼苏轼的故居。“蜿蜒回顾山有情，平铺十里江无声。孕奇蓄秀当此地，郁然千载诗书城！”在这首《眉州披风榭拜东坡先生遗像》的诗里，字字句句都是对苏轼的追思与仰慕。这位诗人，便是陆游。

蜀地多才子。宋初时节晚唐五代的华丽文风依然盛行，但蜀地文人却反其道而行之。连年的战乱初定，文化如雨后初露的春笋一般娇健而清灵。“通经学古，以西汉文词为宗师”。山川的灵秀孕育了蜀地文风的扎实与求是，有为而作，自然朴实的文风也影响了苏轼的文学境界。

在这里，7岁的苏轼曾经和一群小伙伴们结伴去听一位老尼姑讲故事。在那个故事里，老尼姑年华正好，跟着她的师傅一起去蜀主孟昶的宫里做法事。做法事的那一天，正是繁星璀璨烂漫如银的夏夜。在那里她和师傅看见了孟昶和花蕊夫人依偎在一起，靠着摩诃池听着水声闲坐吟诗。

夏天的夜潮湿而清润，暑气被水池化解，只剩下繁星与水声。花蕊夫人人如其名，如花一般娇嫩，如星子一般秀美。两人轻悦的说话声似乎还在眼前。小尼姑跟着师傅做着法事，动作轻巧，怕惊动了这梦乡般的景致。

夏夜的风悄悄吹来，花蕊夫人念出的两句诗也随风传来：

“冰肌玉骨，自清凉无汗。水殿风来暗香满。”

小小年纪的苏轼一听这位九十多岁的老尼姑念出这两句诗，心似乎被诗句牵引回了数十年前的夏夜。

文学的魅力如斯，带着懵懂的孩童体味到了生之欢愉。苏轼那时年纪虽小，但诗词文赋无一不通，一听这两句便明白过来，这首只遗下两句的蜀宫词应该就是《洞仙歌》。

也许每个人生下来都有着自己的使命，有些人来世上一遭是为了挣钱，有些人来世上一遭却是作诗，有些人来世上一遭是为了种花，有些人来世上一遭是为了了结一段情缘。

苏轼灵犀一点，从老尼姑嘴里听见这两句词之后，他更为迷恋文学世界。人人都说读书苦，人人都说经史子集难背难理解，但在苏轼的心里，这些书籍与诗句像是夏夜里璀璨的星星，每一颗都有其迷人之处。他读书作文都是顺其本心，每一句诗文与他都像是久别重逢。正如老尼姑传诵下来的那两句诗，在苏轼即将临别进京赶考之时，又一次袭上心头。也只有在文化气息浓郁的蜀地，平凡无奇的老尼姑心中都能记挂着两句诗，也才能在无意之间点亮一代词人的回忆。

不仅仅是这两词，“夜凉疑有雨，院静似无僧”，这一句诗也是蜀地留给他的馈赠。这两句是苏轼与弟弟外出游玩时在一个乡村院落里看见的诗。意境隽永，但他却一时理解不了。诗便是如此，文字的美好似勾勒出了心中的某个尚未抵达的梦境。早早地遇见了，记下了，却一时无门可入，但这两句诗却深深地刻在了苏轼的心里。

终于有一日，父母认为以他们的学识和年龄已经可以进京赶考了，唤两人来到身边：“这一次带你们二人一起进京赶考，要温习的功课不得怠慢了，进京路长，这几日你们就多见见亲朋吧。”

苏轼与苏辙两人明白父母的意思，这是要他们早做准备。也是在这一年，仅眉山一县参加礼部进士考试的人就有45人，如此大的阵仗不禁让人感慨蜀地人才之盛。

没过多久，父子三人便准备进京赶考了。苏轼依然记得临别时妻子王弗的不舍，但他的妻子也拥有跟母亲程氏一样的见识。虽有不舍，却是一句多余的话都不曾说过。只是收拾打点着苏轼平时所看的书，跟随行的仆人嘱咐路上的事宜。

还未进京，蜀地的文化已然为苏轼打下了自然而扎实的基础，而家庭教养的潜移默化也让苏轼拥有了宽和敞亮的心胸。再一次回望生养了自己的院子，苏家数十年的书香已然浸透了苏轼的骨髓。

“门前万竿竹，堂上四库书。高树红消梨，小池白芙蕖。常呼赤脚婢，雨中撷园蔬。”（《答任师中家汉公》）竹、书、树、池……都是熟悉的景致，此时母亲还在堂屋里收拾着父子三人的行囊，妻子默默地在为自己打点着鞋袜等行李。

苏轼看着自家院子，这里竹柏丛生，杂花生树，处处都是绿意与生机。因为母亲程氏爱惜生物，不许家中人在这里捕鸟，更不许人取鸟蛋，以致家中院子里的鸟雀越来越多。鸟知人性，知道苏家的人不会伤害它们。有些小鸟还把窝建在了低矮的枝丫上，连小小孩子都可以俯身看见。在母亲教养下长大的苏家两兄弟，自小就习惯了家中鸟语花香，还经常带着小伙伴们给这些小鸟喂食。

“昔我先君子，仁孝行于家。家有五亩园，么凤集桐花。是时鸟与鹊，巢鷇可俯拏。忆我与诸儿，饲食观群呀。”儿时的经历让苏轼对待万物生灵自带一种慈悲心肠，也让他笔下的文章有血有肉，真情感人。没有一个仁慈而温暖的心肠，如何能写出那样天性勃发的文字与文章？

父子三人一起赴京赶考，对于苏轼与苏辙而言这是第一次出远门，而对于父亲苏洵来说，则是怀揣着一份对孩子的期待，他27岁有了苏轼之后在读书上开始用功。在言传身教教导苏轼与苏辙之时，苏洵这些年一直在潜心研读先秦两汉的古文，最为推崇韩愈的文章，对于当时北宋文坛的浮夸之风最为摒弃。在生活中他也要求苏家上下行事朴实，实事求是，行文习字更是讲求感情真挚，言之有物。在父亲的教导下，苏轼与苏辙做事作文踏实真诚，年纪虽小却自有一股磊落之风。苏家三父子，可谓是书香门第的典范。

父子三人挥别家人，带着满腹学识与一腔热血，踏上了进京赶考的路途，也走向了命运的转折点。

嘉祐元年（公元1056年），苏轼人生第一次出川赴京，奔赴朝廷的科举考试。当时只有19岁的苏轼，17岁的苏辙，跟着父亲苏洵自西蜀，沿江东下。

第二章

家国梦，仕途是一碗烈酒

第一个梦想的期待

仁宗嘉佑元年（公元1056年）秋，苏家三父子在上京师（今开封）前先到了成都。成都自古以来就是天府之国，不仅物产丰富，而且人才辈出，让这里流传着无数的历史故事。蜀郡太守李冰在这里修建了沿用至今的都江堰，三国时刘备、诸葛亮在这里运筹帷幄，伟大的诗人李白、杜甫、李商隐等人在这里留下了壮丽的诗篇。苏家三父子一路行来，无数的秀丽风光像一幅幅画印在他们心上。土墙竹窗，街道规整，随处可见的矮矮绿篱上爬满了藤萝和杂花，花圃、药圃、菜圃把这里划成块块色彩不一的图案。

苏家三父子在成都先拜会了大官张方平，此时苏洵已经47岁了，上次科举名落孙山之后，他一直在家苦读，并且专门写了一部论述为政之道的著作。这一次他就是带着这本著作特意来拜会张方平，以期求得其推荐。在当时，只要有有名的公卿推介，就有机会得到朝廷任命。张方平得信之后，命令管家带他们进来，他在书房等候。

苏洵吩咐苏轼与苏辙在外间等待，他一进书房，只见宽约一尺，长约三尺的矮小书桌上，正放着一副笔墨与诗笺。秋阳如醉，投射在书桌上的砚池上，墨香缕缕，旁边的一只细瓷杯里茶香盈人。张方平笑意盈盈，两人寒暄过后苏洵奉上了自己的作品。

张方平本只想略略一翻，不料却被书中内容所吸引，两人竟然开始畅谈古今得失，纵论天下了。苏轼与苏辙在外间听到里面笑语喧然，时而高昂时而激动，内心明白父亲这是得到了张方平的赏识，苏轼高兴地说："这下好了，父亲几年的心血终归没有白费。"

苏辙更是开心："以我们父亲的才学，得到赏识那是早晚的事情。"两兄弟相视一笑，内心都是骄傲和自豪。

因为这一趟拜会，张方平有意立刻任苏洵为成都学院教席，但苏洵却更想去京师参加科举。几番挽留无效之后，张方平拿起笔，给当时的文坛泰斗欧阳修写了一封推荐信。几天后，另一位雷姓友人也写了一封推荐信给梅尧臣，力荐苏洵有"王佐之才"。带着这两封极有分量的推荐信，苏家父子三人北上，穿剑阁，越秦岭，不辞万里慨然赴京。

一路风光如画，让从小习惯了巴蜀风物的苏轼与苏辙大饱了眼福。抵达京师汴梁后，他们寄宿于僧庙，等待秋试。他们等的是礼部的省试，通过省试的考生才能准备来年春天皇帝亲自监督的殿试。到京不到第四日，他们便开始了读书生活。虽是远在京师，做事严谨的苏洵依然不愿意留太多的时间给儿子们玩耍。每日除了吃饭睡觉，父子三人就在房间里习字作文。

要知道这一年仅眉山一县参加礼部进士考试的人就有45人，更别说来自全国各地的考生了，要想在这些人中脱颖而出，谈何容易？在这样的赶考节骨眼上，父亲的严格也能看出其良苦用心。

苏轼从小就对父亲的严格教诲印象深刻，"夜梦嬉游童子如，父师检责惊走书。计功当毕《春秋》余，今乃始及桓庄初。怛然悸痞心不舒，起坐有如挂钩鱼……”哪怕是在梦里，父亲的威信依然让苏轼心有余悸，那时的他因为一时贪玩而忘记读书，本来应该读完《春秋左氏传》，可自己却还只读到桓庄公部分，并未读完整部，他心里惶恐不已，像一条吞了鱼钩的鱼一般难受。

也正是因为苏洵的严格教育，小小年纪的苏轼与苏辙才没有浪费自己的天资，每日里忙着读书习字。“我昔家居断往还，著书不暇窥园葵。”为了读书连朋友之间的往来都断了干净，如此努力，连看一眼园中的葵都没有时间。

京师如此之大，苏家三父子提前几个月就来到了这里，除开最初几天的游览，之后每天便是“两耳不闻窗外事，一心只读圣贤书”。苏轼最初喜欢西汉文学家贾谊和唐朝宰相陆贽的文章，后来喜欢上了《庄子》。贾谊与陆贽的文章切中时弊，议论锋发，有很强的现实意义，《庄子》则旨在如何保持精神的高洁与自由。在京师准备应试的日子里，苏轼把这些书又精读了一次，对于时政的理解更为深入，对人生的感悟也更为高远。

“吾昔有见于口中，口未能言，今见《庄子》，得吾心矣。”自古以来赶考最是磨炼人的心性，其中的激动与怅惘，其中的计较与血泪，非历经其中不可知其真味也。而年少就进京赶考的苏轼却在阅读《庄子》的过程中找到了心灵的共鸣。他读书是为自己而读，习字是为自己而写，作文是为自己而作。一切发乎于内心，何来计较与失落？喧嚣而繁华的京师，苏家三父子静心读书，默默备考。

几个月之后，嘉佑二年（公元1057年），苏轼兄弟参加了礼部考试，主考官是欧阳修。

苏轼与苏辙两人在这次考试中都考入了前13名，获取了殿试资格。身为父亲的苏洵十分欣慰，同时也想为自己争取一个机会，于是便拿上推荐信去拜会欧阳修。

欧阳修皮肤很白，两只耳朵很长，虽然不是美男子，但却自有一股文坛泰斗的风度。欧阳修上唇稍短，只要一大笑，牙龈就会露出来。在天下人的心里，欧阳修非常乐于提携后辈。他笑呵呵地接待了苏洵，并且对苏洵《衡论》《权书》《几策》等文章大加赞赏，表示自己会向朝廷推荐苏洵。

苏洵的文章总是写得锋利偏激，痛快而酣畅，这与他稍显狷介的性格有直接关联。而实际上他是个外冷内热、不擅表达感情的人。所以哪怕此刻表扬自己的是闻名天下的欧阳修，苏洵即便内心充满了感激之情，却并未向外流露太多。这无疑给人留下了冷淡自负的印象。

好在欧阳修心性宽和，他依然热忱相邀，并且把他介绍给了当朝高官。在欧阳修的推荐下，苏洵的文名逐渐传出，枢密使韩琦还特意把他请至家中，并且再度介绍了很多高官，可惜苏洵态度依旧。在朝廷的高官心中，苏洵的脾性并不得人心。

每次回到房间，苏洵都会把今天见到的人，谈论到的话题与苏轼苏辙细细分析。在父亲的心里，这些不同于身处川蜀所听到的舆论可以提高孩子们的见识，有助于应试。

应试时，应考人半夜就要起床收拾行装，备好冷饭与干粮，天亮之时赶到皇宫。苏轼与苏辙早早出发，一路看来，虽然还只是早晨，但依然不掩京城的大美。皇都雄伟壮丽，自城外有百尺宽的护城河进入之后，一路走来，风光雅致，皇宫的朱门白墙掩映于树木之间。整个汴梁有四条河穿城而过，自西向东水声隐然。最大的一条河是汴河，河上一年四季都有粮船经过。

这里的粮船载着从安徽河南大平原生产的粮食，经水路送至皇都。河上有水门，夜间关闭，白天开放，水门开启的声音轰然作响。苏轼与苏辙跟随应试的考生们逶迤而行，整个汴梁城街面开阔，平日里每隔百米就设有警卫衙内。随着一路上的建筑越来越精美，苏轼与苏辙越接近于皇都的核心。自城中流过的河道上都有精细的雕刻油漆木桥，当经过的木桥逐渐变成石桥时，皇宫就近在眼前了。

皇宫处于整个汴梁城的中央，宫门前是一座雕刻精美的大理石桥。自南由玄德楼的石头墙垣始，点缀着龙凤浮雕的宫檐飞角掩映在逐渐明亮起来的天空下。

光亮闪烁的殿顶，逐渐在晨光熹微中闪露出七彩的折射。这是因为皇宫的殿顶是由各色琉璃瓦建成的，在日光的倾照之下，光辉绚烂难以直视。日光逐渐变强，天色慢慢转白，疾走之间苏辙轻轻拉了苏轼的衣角。

“别怕，别怕。我们跟上就好。”苏轼明白弟弟的紧张心情，小声地安抚了几句，声音低得只有两个人能听清。

“哥哥，你说这次题目会是什么？”苏辙声音有些发硬，毕竟年纪小，这样的大阵仗还是让他有些紧张。

“这没法猜，苦读诗书这么多年，倾囊而出就好，别想太多。更何况父亲不是说了吗？当今皇上特别重视人才，为了保密，也可能会在最后一刹那改变题目，就是为了考我们的真才实学。别担心了，尽力而为就行。何况我们年纪还小，就算这次不行，以后还有的是机会。”苏轼安慰着弟弟，并转脸给了苏辙一个大大的笑容。

听完苏轼的一番话，苏辙彻底平静下来，带着自信的微笑跟上了众人的步伐。

考生进去之后会被分配到隔开的小屋子里。每一间小屋子都有宫中卫士看守，考试期间严禁出入，一直到考完之后才能出来。为了防止作弊和贿赂徇私，每位考生交上去的试卷都会由书吏重抄一遍，不记姓名只记编号，这样一来，主考官看不出笔迹，也就无法通过辨别字迹徇私舞弊。

考生交卷之后考官入禁宫阅卷，期间不得与任何外人接触。考官一般要从一月底到三月初一直都在禁宫，把所有的试卷都批阅之后呈到皇帝那才能出来。应考人先考历史与策论，第二次再去考古文。每次考试都要遵循这样的规矩，暂不说森严的考场气氛会不会让文思僵化，只说不得随意出入，自带干粮熬上几天几夜就十分折磨人了。“学成文武艺，货与帝王家。”“板凳要坐十年冷，一举成名天下知。”古往今来的读书人都是为了这一天而奋斗，那么受再多的苦与难都不在话下了。

当阅卷官评完试卷之后，成绩公布之后得中的考生还要经历一次金殿面试，在皇帝的监督下考察其诗词歌赋与策问。

那一年的主考官正是欧阳修，欧阳修为人质朴，对当时文坛上流行的割裂文辞、追求怪异的风格相当忧心，他希望以科举选文来扭转当时的文风。

复核之时，欧阳修在看到苏轼的《刑赏忠厚论》时十分欣慰，认为这篇文章的水平绝对是今科第一。但细看文风他却又疑心是自家门下曾巩所写，考虑到这一点，为了避嫌，欧阳修最终把这一篇文章列为第二名。

这中间还发生了一段趣闻。最初阅卷的梅尧臣在看苏轼的文章之时，里面写着“当尧之时，皋陶为士，当杀人。皋陶曰杀之，三。尧曰宥之，三。”这个意思是说贤君对于有缺点的人才也愿意给予机会，用人之道正在于宽和，取其有用之处。梅尧臣对这一段对白很是欣赏，但是不敢确定古籍里究竟有没有这一段对话。

当时的梅尧臣思量半晌，最终还是决定不提问了，因为他担心一问出口，就显得自己连这些都不懂了吗？他大笔一挥，给了高分。考卷递给主考官复核之后，依然是高分。最后所有考官共同评分，也拿到了高分。

名次结果出来之后，梅尧臣才知道原来写出那篇文章的考生是苏轼。考试之后，梅尧臣私下找了个机会问苏轼：“贤侄，尧和皋陶的那段对话出自哪本书？”

苏轼坦然：“是我杜撰的。”

一听这话，梅尧臣这位宿学大儒万分惊讶：“你说什么？居然是你杜撰的？”

苏轼说：“按尧的品德来说，皋陶做出这样的事也是意料之中呀。”

一举得中之后，苏轼后来又凭《春秋》对义得了第一名。到了殿试环节，自小熟读经书的苏轼更是信手拈来，史料典故如数家珍。在父亲的严格督促下，苏轼年少时就把一百二十卷的《汉书》手抄过整整两遍。而且，苏轼自喜欢上《庄子》的文风之后，在遣词造句上面更是汪洋恣肆，畅达精准。这些让他在殿试上表现出众，中了乙科。因为这件事，欧阳修点评苏轼时，说出一番被后世传诵的话：“此人可谓善读书，善用书，他日文章必独步天下。”

嘉佑二年（公元1057年）四月十四日，苏轼成为进士，二十岁的他，年少成名，位列全国一流学者之列。而眉山参加礼部进士考试的45人中，进士及第的就有13人，苏轼和苏辙两兄弟榜上有名，遥远的蜀地学子再次名振中华，灵山秀水孕育的才子们成为了京师中璀璨的人文新秀。

等一场大雨倾盆

在古代，每年的科举考试之后，按照惯例，考中的学子都要恭恭敬敬地写好自己的名帖去拜访主考官。这既是表示知遇之恩，也代表着他成了主考官的门生。科举之中“老师”“门生”的关系至关重要，这代表着终生不渝的关系，更是初入官场的“门生”要仔细维护好的关系。更何况此时的欧阳修早已经是名满天下，能成为他的门生是天下士子的梦想。

欧阳修自从知道那篇文章是苏轼所写之后非常兴奋，心里已经有了提携之意。自此，历史上这一对著名的师生开始了他们之间的故事。

苏轼小时候就听过欧阳修的大名，苏轼出生于宋仁宗景佑三年，彼时的宋朝已经建立了76年。大一统的局面之下，北宋的经济和文化得到了充分的发展。正如学者陈寅恪所说：“华夏民族之文化，历数千载之演进，造极于赵宋之世。”整个华夏民族最为精华的一段岁月正在是苏轼出生的那段时光。社会经济发展极为迅速，这些也造就了北宋文化圈里最为自由的成长。

宋初以来的文人对唐末五代文学的亦步亦趋已经感到厌倦，他们迫切地期待着一种新的文学气象，并逐渐形成了以欧阳修、范仲淹、梅尧臣为首的锐意求新的文坛新秀群体，开始创造独属于北宋的文化气象。

这批锐意求新的文人们，用自己的行动开创着宋朝的文坛新风尚。开拓总是意味着尝试与反复。这样一股求新求上进的风潮也带动了整个北宋社会局势的变化。

庆历三年（公元1043年），宋仁宗锐意进取，开始革新朝政。不仅撤换掉了吕夷简、夏竦等一批保守派大臣，而且还对范仲淹、欧阳修等新锐官员下了命令，要求他们提出改革方案，一改朝廷积弊。

也是在这样的背景之下，范仲淹提出了《答手诏条陈十事》，紧随其后的欧阳修也上书了一系列意见。宋仁宗当机立断，按他们所提出的建议颁行新政，史称“庆历新政”。正是在这样的情况之下，整个北宋气象为之一新。当时的国子监直讲石介，作为教育与最高学府的最高长官，写了《庆历圣德颂》对此大加赞扬。那个时候的苏轼还只有8岁，正是在乡校读书的年纪。先生们都在传看着京师传来的《庆历圣德颂》，他也挤进去看，小小年纪的他记性很好，他还把整首诗都背诵了下来。

这也是他第一次认真地记下了欧阳修的名字。因为好奇里面所说的十个人，苏轼急匆匆地去请教先生们。

“先生，这里说的十个人是哪些人呀？”

“先生，先生，他们是哪里人呀？”

“先生，先生，他们所说的事情是在哪里发生的？”

苏轼像个小跟屁虫一样缠着先生们，但是先生们见他实在太小，认为小毛孩子不需要知道这些东西，几句话就想把他打发走。

“无需多问，回去读书吧。”

“有什么好问的，把书读好了自然明白了。”

“小小孩童，先顾好自己的学问，长大了自然有人为你分解。”

的确如此，这篇文章所包含的政治背景和文坛变革对于一个8岁的孩子来说太深奥了，实在不知从何说起。但苏轼却对此十分执着：“难道这诗里面的人是天上的神仙吗？如果不是神仙，是和我一样的人，那我为什么就不能问呢？”

先生们见苏轼的回答不凡，心里暗自点头，这才细细地把诗里说到的人都解释了一次。并且着重说了韩琦、范仲淹、富弼、欧阳修几人的情况和成就。

如今，先生们昔日的话语还在耳旁，自己已经成为当今人杰欧阳修的门生，苏轼内心的自豪溢于言表。更何况在8岁之后，苏轼牢牢地记住了这几位人杰的名字，只要一遇到他们的文章都会拿来细细研读，认真领会，再加上性格朴实的父亲苏洵的引导，他的成长暗合了北宋庆历新政求实求是、反对浮夸的潮流。可以说，苏轼的起点很高，并且顺应了时代的需要。

从仆人手里拿到苏轼的名帖之后，欧阳修很高兴，马上叫人把苏轼迎了进来。欧阳修为人正直，乐于提携后辈，见到有才华的年轻人总会倾囊相授，惜才爱才之心朝野皆知。

历来千里马常有而伯乐不常有，苏轼幸运地遇到了欧阳修。早在欧阳修见证了苏轼在金殿策论的表现之后，他就和同僚梅尧臣说：“在这样的年纪能遇到这样有才华的年轻人，实在是我之大幸。”

“确实如此，有此人才确实是国家之幸啊。”梅尧臣也高兴，苏轼的才学和胆识他都很认可。

欧阳修接着又说：“看来我要退隐了，这样才能给苏轼留下出人头地的机会和位置啊。”

梅尧臣一听这话又愣了，欧阳修见状大笑。的确，对于他们这些老臣来说，能看到国家出此人才，内心的欣慰自是难以言表。

自欧阳修要退隐的话一说出来，整个京师，乃至整个北宋都知道了苏轼的大名。要知道，欧阳修早就是整个北宋知名的学者，而他却愿意为苏轼这样一个年仅二十的少年提前退隐，仅仅是想留给他一个出人头地的机会。这样的话语足以证明在欧阳修的心中，苏轼的才华非同一般。欧阳修一生努力的目标，一生推崇的古文运动在苏轼出现之后已经找到了继承者。

盛名之下，迎面而至的有赞赏，也有质疑。很多的人都表示不服气，哪怕这句话是由大儒欧阳修所说。欧阳修晚年时还和儿子说了一句话：

“记住我今天所言，三十年之后，世人将只知苏轼，而不知欧阳修。”

时光是最公正的见证者，也是最淡然的观众，若干年之后，欧阳修的预言成真了。

官场里的诗与酒

年少成名历来是青年读书人的不懈追求，更何况是这种天下皆知的一举成名。苏轼的才华和成就如此不凡，离不开父亲苏洵的教导，父亲深知苏轼的脾性，会因人施教，苏轼的性情不同于苏辙，他更为豪放与洒脱。苏洵曾经也是这样的性格，但是在多年的游历之中已经逐渐剔透。正是因为明白苏轼的性格，所以父亲苏洵在教导时会更注意引导苏轼如何去培养耐性与乐观的心态，甚至早早地为苏轼进入官场作了铺垫，习字作文时会拿出优秀的谢表和文章供苏轼参考，还会要求苏辙也一同作文。

因为苏辙要比苏轼小几岁，而苏辙的性格也更为随和，所以父亲苏洵对苏辙的要求低一些，但对苏轼却是丝毫不放松。他对苏轼如此要求："身为兄长，定要为弟弟作好榜样。字字句句都要求写好，不得出疏漏。"

苏轼苏辙点头，仔细听从父亲的教诲。

苏洵还告诫苏轼："你生性耿直，不知掩饰。作文虽有过人才华，读书虽有小成，但性情却及不上子由。今后不论是读书作文，你们俩要相互学习，互为老师。切不可骄傲自满，更不能浅尝辄止。"

也许父亲苏洵的心里早已经明白，苏轼才华虽胜于苏辙，但是其性格却会成为前行的阻碍，只有更优秀才有可能立足。果不其然，终其一生苏轼才华都盖过了弟弟苏辙，但是论官职弟弟苏辙却高于苏轼，人生境遇也更为平坦。

人生漫长如一场马拉松。是才华让一个人变的耀眼，但过于耀眼会引来更多的关注和更多的风雨，生生打乱了漫长人生的步调，亦只能徒唤奈何。

有一次苏洵让苏轼用《夏侯太初论》为题作文，苏轼交上来的文章令他眼前一亮。

夏侯玄，字太初，是三国魏国时的重臣。当时的司马师继其父司马懿之位后，独断专权。当时夏侯玄参与了推翻司马师的密谋，无奈事情泄密之后被捕。

夏侯玄以性情冷静闻名，传言说他有一次倚柱作书时突然下起大雨，雷电击裂了他倚的柱子，衣服燃烧了起来，而他依然面不改色。被捕临刑之时，夏侯玄依然冷静端持。就是在那篇文章里，苏轼点评道："人能碎千金之璧，不能无失声于破釜；能搏猛虎，不能无变色于蜂虿。"这里所说的便是一个勇敢的人，有勇气摔碎价值连城的美玉，却可能被瓦锅的破裂声吓一大跳；有勇气与猛虎搏斗，却可能会在面对野蜂毒蝎时大惊失色。苏轼的这两句话说明了一个人有心理准备时与没有心理准备时的不同状态。

苏轼向父亲解释自己的行文立意："夏侯玄能在这样霹雳大雨的情况下依然保持镇定，能在面对死亡时淡然处之，这正说明了夏侯玄是一位真正的勇士。"

苏轼文章里这两句话精妙而才情斐然，给苏洵留下了深刻的印象。苏轼也非常喜欢这两句话，后来还用在了《黠鼠赋》和《颜乐亭诗序》里。苏洵喜欢给苏轼出题，因为看他如何去应对、如何去破题，对于苏洵来说是乐事一桩。还有一次，苏洵读到了欧阳修的《谢宣诏赴学士院，仍谢赐对衣、金带及马表》时，大呼苏轼，让他也用这样的题目拟作一篇。

在苏洵心里，苏轼长大之后必然会要用到这些文章。不出苏洵所料，苏轼果然一举中第，之后频繁出入学士院，也多次得到了皇帝赏赐的对衣、金带和骏马。这样的谢表果然写了很多，有时苏轼还会把儿时拟作的句子用进去。不得不说，苏洵身为父亲，为儿子考虑得极其长远。

此时苏轼虽是初入官场，但是因为父亲苏洵的存在，让他在为人处世方面成熟得很快。何况苏轼由苏洵一手教导，眼界早已经得到了拓展。

父亲的教导没有白费，进入官场之后的苏轼很快崭露头角。他的才华让他成为朝堂上耀眼的新星。博闻强识的他在担任翰林学士知制诰时，经手的每一道皇帝诏命都文采斐然。史官有言："苏轼所引用的史料，信手拈来的典故洋洋洒洒，从来都不需要翻阅书籍资料。"在后来的日子里，经由苏轼拟诏的八百多道诏命，文辞准确，遣词生动，处处可见其才华。

新科及第，又是年少成名，苏轼的存在如一道光，闪耀在北宋的天空中。官场上历来不缺捧红踩黑的人，更何况苏轼的才华早就得到了皇帝与欧阳修的首肯。一时之间，苏轼在官场上春风满面，处处有人邀约，时时有人请他赏花吟酒。苏洵很自豪，但是他也担心苏轼锋芒毕露会为其招来祸患。人生总是如此，在年少时期有时间有精力去支付轻狂的代价，却没有足够的智慧看清代价有多深重，及至中年，拥有了保全自尊与人生的智慧，却没有了年少时的热血与激情。父亲苏洵是过来人，他了解自己的孩子。志得意满之时也是最危险的时刻，为了提醒两个儿子，苏洵专门写了一篇《名二子说》，里面每一句话都饱含着深深的父爱与醒示。

“车轮，车辐，车盖，车轸，在一辆车上各司其职，唯有车轼，作为车上露在外面的横木，看似毫无用处，一旦失去，整辆车就会瓦解。为父将你取名为轼，正是提醒着你，人生一世不可过于直接，也需有所外饰。”

父亲的提醒并没能起到太大的作用，苏轼看懂了父亲的文章，却没有看懂父亲的用意。或者是他看懂了这些用意，却始终不懂得如何才叫外饰。在官场上，不论与何人交谈，苏轼都是知无不言，言无不尽。因为从来不会隐瞒于人，更不会稍加修饰，直率的他也许冥冥之中已经注定要经历更多坎坷。

嘉祐六年（公元1061年），苏轼应中制科考试，即通常所谓的“三年京察”，入第三等，为“百年第一”，可谓是百年以来最为杰出的人才。授大理评事、签书凤翔府判。这对于苏轼来说是一个崭新的起点，他将边入更大的舞台去施展其才华和抱负。

心被白色灵幡刺痛

如果说整个苏家谁最期待苏家父子一举中第的好消息，莫过于此时还守望在眉山家中的程氏。程氏一生贤惠，正是这样一个坚强而温柔的女性，撑起了整个苏家的温暖。因为有她在，苏洵才得以放心游历四方，得以见赏中华名山大川，得以尝遍世间滋味。因为有她在，苏轼和苏辙自小就积淀了深厚的学养，磨砺了心性，为日后的成就奠定了基础。

苏轼还记得，自己的父亲三次离开家乡去游学，每次回到家里都会给自己和弟弟讲解旅途的见闻。有一次苏洵从虔州（今赣州）回来，他告诉苏轼与苏辙自己在虔州附近一处山上的天竺寺里，亲眼看见了白居易的题诗："一山门作两山门，两寺原从一寺分。东涧水流西涧水，南山云起北山云。前台花发后台见，上界钟声下界闻。遥想吾师行道处，天香桂子落纷纷。"

当时的苏轼与苏辙还小，他们听到父亲念出这首诗时已经开始想象那个场景，言语之中都是对天竺寺的向往，想亲眼去看看那处白居易的题字，是否真的如父亲所说那般笔势奇逸。

苏洵看着两个儿子一脸期待的表情，轻声笑了起来："可惜蜀地与虔州相距太远，不然为父一定带你们去看看白居易的亲手题诗。"苏轼与苏辙一听，脑袋耷拉了下来，只能在父亲的描绘中想象诗中的画面。

这便是远方的魔力，人人都想去远方，但真正能走向远方的却没有几个。苏洵是幸运的，他有一个贤妻能让他安心远游而不需要操心家中生计。程氏的才学与贤德能让他放心地把孩子交由她管束，而程氏的温柔孝顺又让苏洵不需要操心家中老人的一应事宜。

要知道，苏家家资并不丰厚，仅是小康而已。如果不是程氏持家有道，很难支撑得起整个家庭的周转。程氏与苏洵举案齐眉，也心甘情愿为整个苏家付出自己的心血。

苏洵性情朴实，平时生活很简朴，为人正直有情义。不苟言笑的苏洵不喜奢华，却独独爱好收藏。对于丈夫的这个爱好，妻子程氏从来都是默默支持。作为一名艺术收藏家，家资虽然不丰，但苏洵为了心头所好也可以舍下所有。程氏觉得丈夫这样的脾性，就像个孩子一样可爱。

有一次母亲程氏笑着和苏轼说："你父亲今天可是捡到宝贝了。为了换回一座楠木假山，居然把自己才上身的貂皮袄子给换了下来，穿着个大褂子，像捧宝贝一样把那像山一样的楠木给棒了回来。"

苏轼一听，笑开了花，喊上弟弟子由就去书房偷看去了。只见父亲随意地套了件棉褂子，正聚精会神地研究他刚搬回来的那座楠木假山呢！对于这些，妻子程氏从来不作阻拦，反而是乐见其成。

这样的小事太多太多，也正是因此，就算苏洵经常出去游历，但与妻子程氏的感情却一年比一年深。程氏支持丈夫出去游历，支持丈夫培养自己的兴趣。程氏对丈夫的爱无微不至，一往情深，对于孩子们，更是循循善导，关爱有加。

苏洵的性情与程氏很像，平时不多言语，但是对待孩子却是自由而宽松。比如说苏家一直收藏着一张唐代古琴，名叫雷琴。苏轼有一天突然对这张琴有了兴趣，直愣愣地跑到母亲面前，说要把这张古琴拆开来细细钻研。

母亲程氏一听，不仅没有阻拦，反而笑了出来："行，研究研究，需要什么工具吗？"

苏轼听完，还真列了张单子，里面全是研究古琴需要的工具。母亲拿着单子就交代了下去，还守在一边帮着苏轼料理。父亲苏洵看见丫环们拿着工具进进出出，跟着进了房间才知道这件事，他也兴致勃勃地询问："古琴发音的奥秘研究出来了吗？"还陪着苏轼一起，东看看西敲敲，苏辙也跟了过来，一家四口就守着这张琴忙得不亦乐乎。在这样的家庭长大，苏轼与苏辙何其幸哉！

苏洵带着两个儿子进京赶考之后，虽然只有妻子程氏带着两个儿媳在家，但却全无后顾之忧。因为他相信自己妻子的品性与能力，儿媳们守在开明而宽和的婆婆程氏身边，自然也能感受到婆婆的细心与能力。不得不说，正是因为母亲程氏对儿媳的教养，苏轼在后来的家庭生活中才能得到妻子那般体贴的照顾，才能拥有那般幸福的婚姻。

如果说婚姻是一所学校，那么父亲苏洵与母亲程氏的存在让苏轼与苏辙的妻子完成了最初也是最重要的启蒙教育。

苏家挑选儿媳妇重德不重貌，宽和的公婆与有情义的丈夫让嫁进来的媳妇过得很安心、很幸福，正如王弗嫁到苏家之后听得最多的一句话是："莫要委屈了自己，有什么都说出来，爹娘会帮你们。"

不同于其他家庭的严肃，苏家家风自在谦和，每天都是笑语盈盈，这也让苏轼与苏辙的妻子在嫁进苏家之后庆幸自己嫁对了人。

苏家院门前的花落了又开，开了又败。池塘边的竹林积下越来越多的竹叶，一脚踩上去，沙沙作响。这里再也没有曾经的书声朗朗，却多了几分寂寥与思念。长久的等待里不论是否中举，在她们看来都已经不再重要。能中举固然是锦上添花，但是守着这样一个家庭，等待丈夫们归来已经是一种幸福。

因为母亲的影响，苏轼与妻子王弗在后来的婚姻生活里和谐美满，两人琴瑟和谐互为支持。新婚的那段时间里，苏轼很喜欢去看别人下棋，妻子便吩咐丫环打点好茶水看着时辰送过去。有时还给带一些细点，待苏轼看得乏了，就可以喝一点茶，品一品细点。

“你真是娶了个好媳妇啊。”下棋的人们都这么说。

苏轼总是大声应和：“侥幸侥幸，婚姻大事全由天定。内子的确是贤良有加。”每到这样的时刻，苏轼就会示意丫环把带来的细点、茶水都拿出来，分给大家。这样一来，人们更是大声赞叹他慷慨大方。

下棋的人细细一品：“这糕点真是不错，我竟然从来没有吃过，只是不知道在哪个铺子买的？”

这边的丫环都急红了眼，这可是王弗亲手做的糕点，费了那么大劲就得了这么一些，被姑爷四地里一散，还能剩下几块进姑爷嘴里呢？

苏轼一看丫环的神色，试探着问：“这又是夫人亲手做的吧？”

丫环闷闷地应了一声。苏轼爽朗一笑：“各位口福不浅，这可是内子亲手做的，这次尝过了，下次可就不一定有机会再试了。”众人哄然大笑，赶紧着就把剩下的几块夺了去，一边啧啧称赞一边感叹自己家怎么没能娶进这样一个好媳妇。苏轼哈哈大笑，一团人抢作一堆。

受了委屈的丫环拿着空了的布包，急急地跑回了家，王弗问清了原委，笑得花枝乱颤：“我当是什么大事，相公爱吃我就多做些。那些人愿意吃就一块吃，何况逗乐了相公不说，我还得了他们的夸赞，留了个贤良的美名啊。”

自此之后，王弗每日都会专门多做些细点，人人都知道这新婚小两口感情好，新媳妇贤惠能干又宽和大度，个个羡慕不已。

因为妻子的支持，苏轼虽然棋艺不高，却可以做到安心看别人下棋。其他时间苏轼可以全身心地投入到自己喜爱的书法与绘画当中，他对待妻子温情而尊重，两人性情相投，两人的婚姻正如父亲苏洵和母亲程氏一般美满。

造就了整个温馨苏家的正是从不多言的程氏，有一句话叫：母亲的素养决定着民族的未来。程氏的贤惠与开明，支撑了丈夫苏洵的学业与梦想，照顾了苏家长辈，也暖化了儿孙辈的幸福底色。拥有程氏这样的妻子是苏洵的幸运，拥有程氏这样的母亲是苏轼与苏辙的幸福，能守在程氏这样的婆婆身边潜移默化，习得婚姻与生活的真谛是儿媳们的福分。而今，苏洵得到京内高官赏识，苏轼苏辙两兄弟齐齐中举，守望了一生的程氏听到这样的消息该有多么幸福！

可父子三人还未来得及回家告诉程氏这些个消息，噩耗先传来了。

这一日天气阴晴不定，苏家三父子正在打点行装，预备着几日后回蜀。在皇都所获甚多，他们专门买给家里亲人的礼物更是有一大堆。这时，自蜀地来了位一身素白的报信人带来噩耗：

“程氏去世了！”

苏家三父子骤然听闻几不能站立，已然不知如何反应。苏洵目光呆滞，眼泪倾然而下却不自知。苏轼与苏辙脑子里像被雷击一般，空荡荡火辣辣。三人只知道要回家，能多快就多快，要回到蜀地，回到他们的至亲身边！

三人火急火燎满怀悲切地往家赶。奈何蜀地与京师相距太远，三人高中的消息还未传到这个院子，程氏就已经身故了。

依然是曾经那个院子，依然是曾经那个家，出门前温馨而秀美的院子，此时已经是篱笆散落，屋顶漏雨。家人悲切万分，形容憔悴，风尘仆仆的苏家三父子及至亲眼见到了灵堂抱头痛哭！苏轼与苏辙的妻子迎出门来，悲切地喊了声“爹爹”便再也说不下去了。

苏轼与苏辙连忙上前扶住各自的妻子，看起来两个新嫁娘现如今已经瘦得身如轻柳，眼睛哭得浮肿难睁。再如何不信，这样的事实也让人不得不相信，悲痛万分的一家人静静地为程氏守丧，此刻高中的消息也失去了令人兴奋的光泽。对苏洵而言，妻子走了，他最想分享喜悦的那个人已经不在这个世界上了。对于苏轼与苏辙来说，母亲去了，生养他们陪伴了他们半生的母亲走了。自此之后，若再想唤一声“娘”，世间也不会有人答应了。

对于儿女来说，失去了母亲，便失了来处，人生自此只有归途了。苏家在离家不远的一处名叫“老翁泉”的山坡下埋葬了程氏。后来苏洵也葬于此地，正如苏洵纪念亡妻的祭文所说：“伤心故物，感涕殷勤。嗟予老矣，四海一身。自子之逝，内失良朋。孤居终日，有过谁箴？昔予少年，游荡不学。子虽不言，耿耿不乐。我知子心，忧我泯没。感叹折节，以至今日。……有蟠其丘，惟子之坟。凿为二室，期与子同。骨肉归土，魂无不之。我归旧庐，无不改移。魂兮未泯，不日来归。”

生不能同时，死亦当同穴。不日来归，不日来归，苏洵的心已经留在了这一处，走遍千山万水，只有这一处小小的坟丘里才有他的妻子，才有他一生的至爱良朋。可惜，逝者已矣，生者自强。再如何心痛，也只能往前看。

居丧守礼之下是一年三个月的守丧期，苏洵沉浸于丧妻之痛，每日仅在书房小院里写字感叹。苏轼与苏辙不好相劝，但是丫环说老爷每天的饮食依旧，听到这话两人才放下心来。这样的伤痛也只能由父亲自己慢慢走出来了。担心长久以来的等待与伤怀让自己的妻子伤身过重，苏轼与弟弟带着各自的妻子外出游览散心。

那时东坡经常带着妻子王弗去青神岳父家，那是一处美丽的山区，清溪汩汩，山中还有佛寺。一路行走，有超尘脱俗之感。苏轼常与岳父家的叔伯兄弟去寺庙里游历，野外聚餐，微风轻送，山林幽静，时光像轻纱一般浅浅拂过。那些生与死，不过是另一种存在了吧。

这一年多的守丧期间，苏洵也下了一个决定。这期间他接到了京师来的圣旨，要他赴京考试。但此时的苏洵已经对科举有了阴影，推而广之，他对所有的考试都有了一种惧怕。一生屡试不中，但却受众多有识之士赏识。苏洵的一生也称得上是坎坷了，但没想到哪怕这么多人赏识他，他还要经过专门为他设立的考试才能做官。自妻子过世后，他彻底淡了做官的心思，再说两个儿子都已经考中了进士，他跟着去儿子任职的地方就可以了。老妻已然不在，为表素心苏洵使人请了六尊菩萨像。

菩萨请回来后，苏洵专门把它们供奉在极乐寺的如来佛殿里，并在亡妻灵前告别。三年的守丧期过后，苏洵抱着程氏的灵位，挽着家人的臂膀，举家北上，离开这个盛满了回忆的院子，离开这个有无数记忆的所在，并于嘉佑五年（公元1060年）二月抵达了京师。自此，蜀地的风物成了苏轼一生的梦里馨香。

第三章
坎坷行，唇枪舌剑，血雨腥风

朝堂上风起云涌

苏家一行人出发的季节正是十月小阳春，这是南方一年中最为舒爽的季节。能治愈内心隐痛的只有大自然的风物，无论是何种悲伤与惆怅，在以天地为背景的解读下，都会释然。无论是多么不舍的情感，无论是多么辉煌的生命，终究都有逝去的一天。

时光最是公平，时光也最是残忍。哪怕再多的眼泪，哪怕再多的不舍，也唤不回已然逝去的曾经。这便是生之残酷，也是生之奇美。因为短暂，所以铭记。因为注定会失去，所以只能在拥有的时刻用力珍惜。在大自然的光景之下，一切牵挂与不舍都逐渐化成释然与通达。天高云淡的季节里，春去秋来，时光的流逝，让苏家一行人逐渐走出悲伤，学会释然与怀念。

苏家出发之前苏洵已经说过："这次我们由水路出三峡，全长一千一百余里，有七百里是水路，四百里旱路。现在已经是十月了，要走到明年二月才能到达。"考虑到有女眷同行，一路人从容自在，饮酒玩牌观赏风景。这一路走来，苏轼的妻子王弗发现了丈夫的一个特点，在苏家的三个男人里，只有自己的丈夫最善言辞，只要一说话就是滔滔不绝。

也是在这北上的路途里，苏轼的妻子王弗怀孕了，并且在进京师之前孩子就出世了。一路行来婴儿的哭声、大人的笑语声，映衬着光明的前程，全家其乐融融。

从四川境内的嘉州开始，也就是今天的乐山，再到泸州，渝州即今天的重庆，一路出三峡，最后到达江陵。到达江陵之后，再从水路换成陆路北上。一路风景如画，他们饱览了长江的壮阔景色，也给了他们写诗的灵感，苏家父子三人一路上写下了百余首诗，都收录进了《南行》的诗集里。此时的苏家父子三人已经是声名远播，前途光明而璀璨。相比三年前的守丧期，苏轼与苏辙更为稳重。母亲的逝去让他们更深刻地理解了何为人生的意义。

苏洵站在船头："学得一身诗书满腹，若不能一展抱负又有何用？"

苏轼明白了父亲的心意："君子之行，一为立德，二为立功，三为立言。此去定当不负初心，做一个为国为民的好官。"

儒家所称的"三不朽"已经印刻进了苏家三父子的心头。此时的苏轼与苏辙已经明了心中所想，并且下定决心去实现它。

船行至岷江与青衣江时，乐山大佛近在眼前。这座高达七十一米的大佛，背靠着险峻的山崖，面朝着湍急的江水。吐纳之间，山河万象。

苏轼脱口而出："朝发鼓阗阗，西风猎画旃。故乡飘已远，往意浩无边。"这首《初发嘉州》气象万千，自此磊落的苏轼真正成长了起来。

嘉祐五年（公元1060年）二月中旬，苏家抵达了汴京。在西岗租了一座宅院之后，苏家三父子把一路上作的诗进行了整理，其中江陵到汴京途中的诗文合编为《南行后集》，而坐船时所作的诗则合为《南行前集》。三月，苏轼的任命正式下达，他成了河南府福昌县的主簿。弟弟苏辙则被任命为河南府渑池县的主簿。主簿是专门办理文书的九品官员，兄弟两个并不是很满意这样的职位，商议之后，苏轼与苏辙都决定不赴任，准备第二年的制科考试。

制科考试是宋朝为选拔人才而特设的考试，由皇帝主持。只有通过大臣举荐的才子才有提名制科考试的资格。经大臣提名之后，还要通过六名考官的阁试之后才能到达御前参加考试。从人才的通过率来说，制科考试的难度远远大于科举考试。整个两宋长达三百多年的统治里，制科考试总共只开设了22次，最终通过考试的也不过区区41人。由此可见，能通过制科考试的人才，其学识要远胜于进士及第。

当时推行新政、锐意革新的宋仁宗求贤若渴，所以才特意下令举办这次制科考试。为了准备这场难度很高的考试，苏轼与苏辙从家中搬出来，专门避到怀远驿中，一心读书不理世事。

怀远驿人烟稀少，环境清雅，很适合读书。两兄弟日夜苦读，互相督促。某天夜里，风雨突来，房前屋外一片淅淅沥沥。苏轼与苏辙正读到唐代诗人韦应物的《示全真元常》，其中的一句“宁知风雪夜，复此对床眠”配合着风雨声悄然入心。

兄弟俩正如诗中所言，对床畅谈，屋外风雨潇潇，屋内言笑晏晏。再想到制科考试结束之后，不论考中与否，两兄弟都将各自奔赴自己的宦游之地，不知何时方能重逢，不知下一次兄弟对谈又会是何年何月？如此一想，两人更为珍惜当下的时光，相互约定一旦完成了各自的抱负，定要早早退隐。同回故乡共叙手足之情，畅谈人生苦乐。

苏轼再三强调：“子由，不论未来世事如何变迁，我们都要早早退隐。到时候我们兄弟俩畅谈人生，何其乐哉！”

苏辙笑着点头：“一定一定，哥哥，你要收敛些才气，别到时候我退隐了，你却被皇上留住不放了。”苏轼被弟弟逗得哈哈大笑。

很久之后，这个约定成了相隔千里的两兄弟最常提及的事。这个约定是两人思念里的港湾，更是仕途漂泊里的暖心所在。人都需要一个心灵驿站，在那里放下所有身份与心事，单纯地期待着与人分享自己的人生，纯粹地享受着依偎的温情。

不久之后，两人在欧阳修的推荐之下报名参加制科考试。嘉祐六年（公元1061年）八月，苏轼以“贤良方正能直言极谏科”考入了制科第三等。在当时的制科等级中，一二等只是虚设，最高等级就是三等，往后才是三次等，第四等，第四次等。在苏轼之前，北宋开国建制以来，只有一个吴育得到制科的第三次等，其他所有人都只拿过四等以下。苏轼的才学，从中可见一斑。

自此，苏轼被授予大理评事，签书凤翔府签判。而弟弟苏辙考入了第四等，被任为商州，也就是今天的陕西商县推官。仁宗在亲自考察完两人的学问之后，兴奋地回到后宫说：“今日为子孙得二相才。”

世人都知宋仁宗求贤若渴，由此也可知苏家两兄弟才学非凡。两人得到的都是正八品的官职。喜讯传来，为了侍奉奉旨在京师修礼书的父亲苏洵，弟弟苏辙向宋仁宗请求：“谢圣上隆恩，但家父年纪已大，身边无子女陪伴万万不行，且有愧于孝道。特请圣上恩准暂不赴任，留京安顿。”

宋仁宗听到他这番话，欣慰于他一腔孝心，恩准之时还赏了不少财物。

苏家两兄弟在朝廷受到了越来越多的关注，在此期间，苏轼还作了25篇史论，这些史论都成为了经典名篇。朝廷任令下达之后，苏轼带着王弗和还在襁褓里的长子苏迈踏上了旅途。此时已经是十一月，寒冷刺骨。苏辙骑马一路跟随数十里，对兄嫂的离去依依不舍，一直送到郑州西门，才就此别过。

自苏辙出生以来，苏轼与弟弟从未分开过。苏轼眼中含泪，难舍难分："子由，我们两兄弟自出生之后从未分开过，今日一别却不知何时能重逢。"

苏辙更是泪眼模糊，他舍不得哥哥，却只能相送至此："哥哥，你千万要保重身体，你性格太过耿直，要知道世间善人虽多，但却不一定都能被我们遇见。多事之秋，少言为上。"

苏辙虽然是弟弟，但是性格却比哥哥苏轼沉稳内敛，所以在临别时，他反倒像个兄长一般，语重心长地嘱咐苏轼。

"亦知人生要有别，但恐岁月去飘忽。寒灯相对记畴昔，夜雨何时听萧瑟？"这首《辛丑（嘉祐六年）十一月十九日，既与子由别于郑州西门之外，马上赋诗一篇寄之》是苏轼含泪留给弟弟苏辙的诗。

一路向北，一路前行。与弟弟泪别之后，苏轼带着妻儿来到渑池。这里承载着苏轼一段难忘的回忆。五年前父亲苏洵带着他们兄弟两人赴京赶考之时经过这里，在县中的寺庙借宿时，住持奉闲老和尚对他们热情与细致的招待仿佛是昨天刚发生过的。为了纪念那次相遇，两兄弟还特意在住持所住的房间墙壁上题诗留念。今天他再一次来到了这里，挥别了父亲与弟弟，独自带着妻子和孩子，在这寒冷刺骨的天气重温曾经温暖的记忆。

再次到来之时，迎接他的只是一座新塔。按佛教的规矩，和尚死后皆是火化后筑塔。曾经题诗的墙壁早已经倾颓，五年前的一切像是一场梦："人生到处知何似？应似飞鸿踏雪泥。泥上偶然留指爪，鸿飞那复计东西。老僧已死成新塔，坏壁无由见旧题。往日崎岖还记否，路长人困蹇驴嘶。"这首《和子由渑池怀旧》中承载了五年前那段难忘的记忆，当年因为马死于二陵，所以最终只能骑驴到了渑池，也才有了后面与奉闲老和尚的相遇与相交。

在苏轼的心里，这样的境遇如一场无声的剧目。人生中似乎没有什么可以永恒，几年之间一切便已物是人非。这一路行来，苏轼感怀颇多。这些感怀不仅在于路上的际遇，更在于他内心的思索。苏轼并不知道，在他出仕以来感怀人生时，他的父亲和弟弟对他可是满怀担忧。

父亲苏洵与弟弟苏辙分析过苏轼的处境。宋仁宗一力除旧，自然愿意将最好的资源与支持都给予这一批新起用的才子。但是朝堂上的风起云涌早已经不是这几年的事情了。新政执行得越是彻底，作为新派官员的代表，苏轼便越是首当其冲。苏轼作为后起之秀，要想在朝堂上站稳，必然需要提携与支持。但若干年的新政实施下来，守旧势力与新派官员的势力冲突逐渐严峻，宋仁宗之所以如此重视苏轼，不仅是因为苏轼本身的才学，更是看中了苏轼直言敢谏的性格。

新旧交替之时，势力此消彼长。苏轼的境遇在外人看来是风头正盛，而在父亲苏洵与弟弟苏辙看来，却是迎风而立，不进则退。如若不能迅速用实力得到支持，那么作为尚未打稳根基的新政派，其未来风险不可预测。苏辙早早地就看清了这点，所以他早早地就提醒了苏轼。更在后来的书信往来中不断警示哥哥。在未来，弟弟苏辙的仕途与哥哥苏轼一样波澜起伏，但境遇却始终比苏轼要好。也许是苏轼文名太盛，也许是苏辙为人更为低调。但璀璨如苏轼一般的才子，即使低调到尘埃深处，政敌们也始终不会放松对他的敌视。在宋仁宗眼里直言敢谏的苏轼在未来的路上的确是率直而坦白，但却为此付出了不小的代价。也许，对于不善隐藏锋芒的苏轼来说，在风云已现的官场，需要的不仅是敏锐，更多的是适应与改变。

可惜，苏轼一生都未能理解何为改变。正是他的坚守成就了历史上唯一的苏东坡，也成就了他坎坷的一生。

不只是一场失去

十二月十四日，苏轼抵达了凤翔任所。这里距离京师一千余里，正处于宋与西夏国的边界处。在这个边防重镇里，苏轼享有的权力意味着皇帝对他的信任。从宋仁宗康定元年（公元1040年）到庆历四年（公元1044年），这四年之间，西夏年年入侵，烧杀抢掠致使民不聊生。

庆历四年，宋与西夏达成和议，每年向西夏缴纳大量银与绢帛，以此来维护西部的和平。

和议达成之后，这些需要向西夏缴纳的银与绢帛最后压到了百姓的头上，沉重的赋税让百姓的日子更困苦了。虽然再也不需要受战乱之苦，但连年间的战乱和后来繁重的赋税依然让这块土地萧索破败，民穷财尽。

苏轼带着妻子孩子一路走来，见证这一幕幕人间疾苦，房屋破败不堪，眼前所见的百姓个个面黄肌瘦，羸弱多病，小孩子衣不裹体，大人眼神木讷，但一听到快速的马蹄声便如惊弓之鸟一般迅速躲藏。苏轼明白，这是在战乱之下形成的自然反应。

“相公，这里的百姓真是辛苦。”不知何时妻子王弗也掀开了车帘，轻声地说。

“是啊，百姓苦不堪言。”一向健谈的苏轼见此情景也忍不住心酸难言。夫妻俩默默叹了一口气，放下了车帘。

苏轼的职务本身工作量并不大，但他自到任之后起，便全身心投入到了工作之中。

他负责的工作里有一项是监管衙前，作为差役的一种，衙前的工作是把官府的物资送过去。当时北宋的律法规定，如果在服役的过程中造成了官物损失，那么必须以家财相抵偿。

这一项规定让衙前成为当地百姓最不愿意接的一项差役。因为当时凤翔府负责的是砍伐和运送竹木：砍伐终南山的竹木，将其在江边编成竹筏，再顺流而下从渭河入黄河，通过三门峡这一天险，最终送到京师。但很少有人能顺利完成此项差役。

为了了解事实，苏轼走访了十几位曾经做过这项差役的人，得到的回答不外乎是：

“路途太远了，再加上三门峡砥柱本来就是天险，中间竹木被流失折断的情况根本没法避免。唉，因为做了这个差役，已经是家徒四壁了。”

“没办法啊，官府逼着去，不去也不行。一入黄河之后，经常遇上大风大浪，那损失就别提了。”

“汛期的时候就开始送竹木，那么大的水打过来，绑得再结实的竹木也扛不到京师啊，半路上就散架了。”

“折断的竹木不论损失多少，都算作一根，有些只是轻微损毁我们也要全价赔偿。”

……

原来，凡是充当这一差役的人个个都是倾家荡产。苏轼内心难以平静，为此他专门写了一封《凤翔到任谢执政启》呈给宰相韩琦，详细陈述此事。

苏轼所做的不仅仅是这些，他深知取消衙前是不可能的事，如何去解决问题才是他要考虑的事。

几番考察之后，他发现每次运送木筏的时间都是由官员决定的，但由于官员从来不做实地调查，随意安排时间，次次都是在河水暴涨之时下命令发运。这才造成了木筏的遗失与折断，再加上损失不需要由官员承担，所以，一直以来发运的时间都没有引起足够的重视。

苏轼到任之后请求朝廷修改规矩，发运竹木筏的时间改由服役者自行决定。

如此一来，服役者自行考察水情之后，自然会在黄河渭水未进入涨水期就提前发运，不仅减少了木筏的损失，也让服役者不再需要付出倾家荡产的代价偿还损失。

苏轼此举奏效之后，损失直接减少了一半，苏轼在民间的声望也扶摇直上。

在凤翔，苏轼的上司宋选为人仁厚宽和，苏轼与他相处得十分融洽。凤翔知府宋选做事勤奋，为人谦和，大小事情无不尽心竭力。在他到任之后，整个凤翔已经有了很大起色。

因为地理环境因素，凤翔雨量较少。有一年整个凤翔久久不降雨，眼看即将颗粒无收。苏轼与太守一致决定向天求雨，并献上了祈雨文。

那一天，方圆数十里的人纷纷赶来一同求雨。也许是巧合，也许是天意，求雨之后凤翔连下了几天大雨，旱情得以缓解，避免了颗粒无收的灾情发生。

求雨结束之后，他喜滋滋地冒着雨回到后院向妻子王弗报喜：

“夫人，夫人，下雨了，求雨成功了。”

王弗正在陪孩子玩，一见苏轼一身雨水地进来，连忙笑着迎过来说：

“筹备了这么久，今天你一出门我就一直看天，巴望着来几朵云彩下雨。外面求雨台的炮声才响完，这天就阴了下来，然后雨就下了。孩子还说，‘原来天上真的住了神仙，肯定是神仙听见了，特意下的雨呢。’”

苏轼大笑：“稚子有趣，有趣！”说话间想抱着孩子亲一口，却发现一身都是水，一时倒是愣住了，倒是孩子反应快，啪叽亲了苏轼一口，把苏轼逗得哈哈大笑。

王弗说：“有趣个什么，你这一身湿答答的才叫有趣。赶紧去换了衣服来，别伤着身子。”

苏轼一边答应着，一边往官舍后面走。他想好了，待会就过来给后院的亭子起名字，就叫“喜雨亭”！因为这个事情，他还专门作了一篇喜雨亭碑记。求雨的习惯他保持了一生，后来苏轼在别处做官，也曾带着百姓一同求过雨。他写的每一篇祈雨文，都收在了他的全集里。

对于百姓来说，不论是爱作文的官员还是爱画画的官员，只要真心实意为百姓着想，那便是好官。

当时的凤翔，知府是实干家，太守也是亲力亲为的百姓父母官，而苏轼更是一心为百姓着想的热血新官。

苏轼的第一次任职之路，便用勤奋和尽职赢得了百姓的心。但此时的苏轼也开始发现，不论他们再怎么努力，百姓依然是在温饱线上挣扎，依然没能摆脱贫困。

再多的努力与付出也没能改变百姓的命运，这是苏轼不愿见到的，却是苏轼未能改变的现实。

凤翔是著名的古都，处处都是古迹。在凤翔待得越久，苏轼越是喜欢这里的氛围，也就更关心此处百姓的生活。秦刻的“石鼓”，秦朝的碑刻，还有王维、吴道子等人的画作与佛像，处处都是历史古迹。苏轼每每行走在这里，最喜欢的便是来观看这些古迹。

“兴亡百变物自闲，富贵一朝名不朽。细思物理坐叹息，人生安得如汝寿。”这几句写在《石鼓歌》中的诗句，描写的正是苏轼观看这些古迹时的心情。

没有人能抵得过时光的流逝，富贵满堂也好，前呼后拥也好，在时光流逝的背后，石头永远比人的寿命更长。

思及此，怎么不叫人生出感慨与叹息？这便是历史的意义。

在数千年的流光里，在我们之前，有无数人曾经存在过；在我们之后，还会有无数人出生死去。越是了解历史，就越能够珍惜当下的生活。而无数的文物古迹，无数前人的杰作，哪怕历经风雨也依然震撼人心。

比如唐朝雕塑家杨惠之的维摩像，很多人不远千里来到这里就是为了一睹它的真容。这里还有东湖，还有真兴寺阁，还有李氏园与秦穆公墓，共同组成了凤翔八观。

拥有如此历史沉淀的凤翔，百姓的生活却贫病交加，哪怕是在任的官员再清廉勤勉，也未能改变这里的面貌。直到后来苏轼才明白，其根源就在于北宋的整个政治制度出了问题。天下的良吏治得了一时，却治不了根本。

宋仁宗正是因为看到了这一点，才会一力推行新政，才会一力推举像苏轼这样有新思想的官员上任。社会的变革酝酿得越来越深重，新旧势力会在未来争斗得更为激烈。这是历史的必然，也是社会发展的必然。

可惜的是，宋仁宗没能等到新政真正有成效的那一天便驾崩了。

嘉祐八年（公元1063年），宋仁宗去世。

第二年，新帝英宗即位，改年号为治平。

因为久闻苏轼大名，英宗一即位便免去了苏轼的旧官职，擢升他为翰林，让他来为自己起草诏书。因为这属于破格提拔，宰相韩琦听了英宗的意见之后说："苏轼本就是大器之才，日后必然是担天下重用在肩。但是在承担重任之前，朝廷要培养他，直到让天下人信服于他。现在骤然提拔只会引起争议，过于草率，难以服众。反而会影响到他以后的发展。"

英宗细想很有道理，于是问："那是否可以给他一个修注的官职？"

宰相韩琦说："记注与制诰同为御前，轻易不能许人。最适合的莫过于先授予贴身要职，再图后事。"

由于苏轼实在太过年轻，为了服众，宰相韩琦专门考察了苏轼的二论。

虽然在考试之前，英宗就已经断定，以苏轼的才学，这根本是易如反掌。果不其然，在这次考试中，苏轼又考入了第三等，获得了在史馆任职的资格。

几经选拔之后，苏轼终于名正言顺地成为皇帝的近臣，可以自由出入宫禁，并且可以在皇家的图书馆里遍阅群书。这对于苏轼来说实在是莫大的喜讯，他不仅可以亲眼目睹无数珍本与手稿，还可以近距离地研究和赏阅，可想而知苏轼的内心有多欣喜。

经过了这些事情之后，对于韩琦的品德苏轼也极为推崇，这是一位真正用德来爱护、体恤人才的宰相，北宋能有这样的贤相实在是百姓之福。

拥有在职任官的经历，再加上学问更为精进，苏轼开始真正思考社会问题，开始研究如何真正为民谋福祉。但是治平二年（公元1065年）五月，妻子王弗去世了。

苏轼与王弗感情甚笃，相伴十年的婚姻生活美满而幸福。王弗性情温柔，嫁给苏轼时才16岁，转眼儿子苏迈已经6岁了，可妻子却因病去世了。

万分悲痛的苏轼根本接受不了这个噩耗，在他的心里，他一直觉得妻子只是有些不舒服，虽然看起来病了。但她总相信她会好起来的。毕竟妻子才26岁，后面还有大好的时光。

苏轼已经习惯了妻子的体贴与宽和，他直率的性格与妻子的细致相得益彰，官场生涯中妻子给了他太多的帮助和指点；生活上，苏轼早已经离不开王弗，工作上王弗的善言劝解帮苏轼解决了太多的隐患，在情感上重情义的苏轼完全接受不了这样的结局。

灵幡如一缕相思随风飘荡，却无处落脚。大脑一片空白的苏轼守在妻子的灵前，儿子苏迈的哭声像极了他的心声，他心里早已经泪流成河，眼睛却干涩到像被刀割。

苏家上上下下都对苏轼这位孝顺温柔、谨慎勤快的妻子敬重有加。因为她的懂事与勤俭，也因为她的有礼与有节。苏轼现在还记得两人相遇时的景象，她说看中了他的才，便不再需要看他的貌。因为这句话，她的一生自此紧紧与他相连。

而作为丈夫的苏轼却在妻子进门之后却从不曾询问过她的一切，她像是一滴水，悄然而自然地渗入了他的生活，如春风拂面，似杨枝含露，剔透而灵慧的她早已经成为苏轼最爱的人。

在后来的仕途中，妻子王弗深知丈夫苏轼的心性，每天待他回来都要细细地询问一天的行事说话，发现错漏便会马上指点丈夫如何去弥补。她深深地明白苏轼心无城府，所以事无巨细都会为丈夫把关。

苏轼自身的性格天然率真，“上可陪玉皇大帝，下可陪田院乞儿，眼前见天下无一个不好人”，从来不知道掩饰的他，无论亲疏都吐肺腑之言，朋友都喜欢他，但他却在现实中备受打击。

没有妻子的把关，没有了妻子时刻的提醒，一时之间苏轼连生活都不知道该怎么应付了。情感与心理上的依赖，一夕之间全无着落。

王弗逝世后，棺木安置在京师西郊，苏轼准备待有机会再扶柩还乡，送回蜀地老家程氏的墓旁安葬。情之深切难以自持，苏轼内心对王弗的爱深重到难以自知，夜夜思念却再也无法拥有。人世间最悲痛之事莫过于与心爱的人生死相隔，对妻子王弗的思念贯穿了苏轼的余生，他写的悼亡词更是令千古垂泪：

> 十年生死两茫茫。不思量，自难忘。千里孤坟，无处话凄凉。纵使相逢应不识，尘满面，鬓如霜。

夜来幽梦忽还乡。小轩窗，正梳妆。相顾无言，唯有泪千行。料得年年断肠处，明月夜，短松冈。（《江城子·乙卯正月二十日夜记梦》）

字字如夜风侵心，泣泪哀婉。自从失去你之后，世间再无人可代替你。你走了之后，世间却似多出了无数个你，饮食寝卧时你似乎就在身边，思念成殇时谁又能明白暗夜里默然心碎的孤单。

世间总会有那样一个人，她的存在像一个温暖的怀抱，她总是在你需要的时候给你温暖。

终有一日她不在了，那一处也空了，自此空洞洞的心再也无法填满。

待有一日，世间冷风凌厉来回呼啸之时，一言不发的你在外人看来沉默平凡，却再也没有人心领神会地明白此刻你的心碎。

在苏轼的一生中，母亲程氏是他生命的引路人。母亲的存在让他的童年温暖而祥和，母亲也是最明白他的人，用最温柔的方式避开了他性格上的短板，让他拥有了一个自信而开怀的心灵。

也是母亲，细心而体贴地为他寻找到了妻子王弗，慈母之心如冬日最熨烫的暖阳。

她知道儿子苏轼的脾性，所以千挑万选，为他寻找到了人生最合适的另一半。想起最初听到要成亲消息时自己的抗拒，苏轼回想起母亲的付出，心中更是涌起无数的感激与心痛。父母之心从来如此，当时自己以为只是寻常安排，多年之后才能明白父母的良苦用心。

父亲苏洵则是他人生的灯塔，处世说话、规划人生都是父亲在前面一点一点安排，他的文章与才学都来自于父亲的教导。苏洵是苏轼的男性榜样，他指引着苏轼用才学走上了金銮殿，点亮了他的未来。

妻子王弗则是他生命的另一半，早已经与他血脉相连，脾性相融。妻子给了他一个美满的家庭，给了他一个可爱活泼的儿子，更给了他无数隐性的帮助与支持。王弗是名副其实的贤内助，她的指点让苏轼避开人生的盲点，避开官场的漩涡，拥有安稳平和的人生。

此刻，而立之年的苏轼反观自身，人世寥落。

母亲已经葬在了千里之外的蜀地，今生已然不可能再拥有母亲的关爱。

妻子王弗撒手西去，身边再无她的倩影。儿子尚小，每日只知痛哭娘亲。这样的丧妻之痛，苏轼痛到不知时光逝去，痛到晨昏颠倒浑浑噩噩。

治平三年（公元1066年）四月，父亲苏洵逝世。

苏轼几近昏厥。苏洵享年五十八岁，逝世之时他刚刚完成参与编写的礼书，但他独自撰写的《易传》却再也没有机会完成了。哪怕是在临终之际，苏洵也在叮咛苏轼与苏辙两兄弟，一定要把《易传》写完。

苏洵逝世之后，英宗诏赐银一百两，绢一百匹，当朝的欧阳修、韩琦等重臣都亲自送来厚礼。苏轼婉言谢绝物银赏赐，只求能追赠官爵，最后英宗诏赠苏洵六品上光禄寺丞，并专程派船护送灵柩回乡。

两兄弟辞官，含泪扶柩回眉山。埋葬王弗与苏洵之后，便是长达二十二个月的守服期。这是一场失去，但也不仅仅是一场失去。

对苏轼而言，妻子与父亲的接连逝世接近一场精神上的凌迟，片片刀锋入骨。

对立派的进攻

逝者已矣，生者奋发。无论再怎么心痛也挽回不了逝者的灵魂，苏轼沉默地渡过了丧期，他静心等待着生活把一切归零，就像等待着内心的悲伤平息。

在那个时代，家里没有一个主家的妻子万万不行，弟弟与家中的长辈都在为他张罗婚事。王弗的娘家也一再表示愿意与苏家结亲家，在他们的心里，苏轼的才华与人品都值得一位好女子温柔以待。丧期届满，苏轼再婚，他的第二任妻子是王弗的堂妹王闰之。

只有小小年纪的苏迈还有些懵懂，他问苏轼：

“爹爹，我会有一个新娘亲吗？”

对于儿子的提问，苏轼只能撑起笑脸：

“是的，你的姨姨以后就是你的新娘亲。”

“就是那个跟娘亲很像的姨姨吗？”

苏迈虽然在北方居住得多，但在这个漫长的丧期里，外祖家的长辈分外疼爱这个失去了娘亲的外孙，经常带他过去住。他最喜欢的就是那位和娘亲很像的姨姨，也就是王弗的堂妹王闰之。

“是的，你要记得娘亲的话，用功读书。姨姨以后也会像娘亲一样照顾你，督促你。”

此前苏轼对于王闰之并没有太多的印象，但是从苏迈的描述里，他能想象那也是一位温柔的女子。也许王家也是为了自己的外孙考虑，才会选择把王闰之嫁给他吧。为了家庭、为了孩子，苏轼迎娶了第二任妻子。

婚事才了，朝廷的任命很快下来了。此时已经是熙宁元年（公元1068年），宋神宗赵顼在位，苏轼守丧期满重返京师。他带着新娘王闰之还有儿子苏迈，和弟弟苏辙一家，从陆路经秦岭、关中去京师。

一听到两人要重返京师的消息，家乡父老与长辈朋友都过来与苏家两兄弟话别。在苏家的那所老院子里，两人亲手种下一棵树苗，共同举杯祝两人平安顺利、大展宏图，待得树苗茁壮成长、果实累累之际，便是他俩衣锦还乡之时。

言笑晏晏之际，过往似乎已经随着家乡父老的祝福声远去，未来依然要坚定地走下去。苏轼与苏辙两兄弟看着家乡熟悉的景物，听着父老长辈们亲切的乡音，满院热闹的人群与喧杂的祝福笑闹声让两人深觉不舍。最美不过家乡，但未来却在京师。

可他二人不知道的是，在十里之外的京师，已经有一场政治争斗悄然成形。此刻远在四川的兄弟俩，将迎来怎样的未来谁也无法预料。

“劝君更尽一杯酒，西出阳关无故人。”越是才华横溢的灵魂，越是难回故乡。因为才华会让他走得更远。

作为士大夫，一旦踏上仕途，那一生都将奉献给这个国家。朝政如何变化，人生也将随之变化。这是苏轼的命运，也是数千年来无数士大夫的宿命。自此之后，苏轼生命中的一切荣耀与伤痛都将与朝政紧紧相连。

熙宁二年（公元1069年），苏家两兄弟回到了京师，“王安石”三个字正式进入了他们的生命。

王安石，字介甫，北宋临川（今江西省抚州市）人，诗词散文俱佳，思想创新，有辩才。宋神宗期间，王安石是宰相。在他的倡导下，宋朝大力推行新法，提倡政治革新。

早在守丧期间，苏轼就与苏辙讨论过当时的国家情况：“直到今日，朝廷每年要向西夏输纳银七万两，绢五千匹，茶三万斤；向辽国输纳银二十万两，绢三十万匹，却依然饱受战火之苦。百姓极苦，却无法可想。”苏辙亦叹道：“缴纳财物只是为了边疆百姓的平安，奈何我朝兵士根本无法与西夏辽国军队相抗。和，和不成；战，战不过。如此下去，国家贫弱，徒唤奈何！”

苏轼任职凤翔之时，位处交界之处，每天看见的都是百姓贫弱，民不聊生。看到这一点的还有王安石。王安石积极推行新政，不断地试图去缓和社会矛盾，但由于没有触及根本矛盾，新政最终宣告失败。

作为一名诗人，王安石有他的才华。但作为一名政治家，王安石的冒失与激进却加剧了社会矛盾。熙宁二年（公元1069年），苏氏兄弟到达京师，此时整个王朝已经陷入了一场没有硝烟的战争。

苏轼看到的是黎民百姓深受新政之苦，而王安石则认为这些苦难只是新政与旧传统之间必然产生的阵痛。他甚至说：“天命不足畏，祖宗不足法，人言不足恤。”

苏轼早先曾问过父亲苏洵关于王安石的看法：“父亲，王安石为人如何？”

“衣臣虏之衣，食犬彘之食。囚首丧面而谈诗书。”苏轼一愣，他没有想到父亲苏洵对王安石的评价如此苛刻。

“衣服肮脏不堪，仪表邋遢，在官场里都出了名了。政绩是有一些，但是事事只愿为人先，不肯屈居人后。在小地方倒是能得民心，一到京师要处就是处处生事，上下怨言四起。”见到苏轼的神情，苏洵又补了一句。

“怎么会这样，他不是官声很好，以政绩突出闻名吗？而且朝廷一直请他到京师任职，他都婉拒了。”苏轼疑惑道。

“还记得张方平张大人吗？他与王安石共事过，连张大人这样性情宽和之人也与他绝交了。”苏洵说道。父亲说的张方平苏轼记得，就是进京赶考之时在四川十分赏识苏洵才华，恨不得留父亲在学院任职的张大人。

其实从客观来看，苏洵性情冷淡自负，对于王安石的评价有着偏激的一面。后来王安石的母亲去世，受邀请的那些人里，就苏洵没去，还专门写了一篇《辨奸论》。

在当时的人看来，苏洵写的这篇文章把王安石骂得太过了，毕竟当时的王安石政声很好，但只有张方平看到这篇文章之后击节叫好。没过几年，苏轼这一代人就看到了王安石掌政之后的党争之祸。

王安石一心为自己心中的新政努力，把自己视作天下百姓的代言人。他相信自己，认为当下的反对都是暂时的，时间会证明自己是对的。所以王安石把全部精力都放到了公事上，不讲究吃穿，拿到的薪俸除了维持基本开销，其他都是分给了需要的亲朋好友。

可惜，王安石生性比较固执，极力推进新政。但这新政因为水土不服，最终把整个北宋送入火坑，当然这些都是后话了。

王安石在仁宗时期不受重视，仁宗非常不喜欢他，认为他沽名钓誉，做事冒进，不顾实际。在宋神宗时，却因为政绩良好得到肯定，再加上做事勤恳，时机得宜，王安石终于做到了宰相。此时欧阳修已经退隐，天下几乎没有能与王安石比肩的权臣了。王安石势力滔天，新政轰轰烈烈推行，这正暗含了当时神宗愿意做一番大事业的心情。

因为父亲苏洵以前的指点，苏轼对王安石看得很透，却没办法阻止变法的施行。

没过多久，王安石就因苏轼政见和自己不同，将其判官告院。宋神宗熙宁四年（公元1071年），王安石想改变科举、兴建学校，宋神宗诏两制三馆议。苏轼上书议论说：“要想有人才，先要去了解人才，了解人才的发展与心思。这个了解就在于实事求是，只有实事求是才能发现人才。如果这个原则没有坚持，那么再多的花样也找不到真正的人才。

“此时哪怕是一味效仿过去的学校制度，如果没有实事求是的态度，那依然无法找到足够的人才。当然，时代如果安定，那么暴君也不会影响它。如果时代已经到了坏的时候，那么圣人也难以恢复它。这是现实风俗的影响，所以如果风俗变化了，那么法律也要变。风俗就像是大江大河一般的存在，如果用人力去恢复和改造，不仅很难，而且也没有意义。

“在庆历年间朝廷本来设立过学校，但到现在只保留了一个。如果今天为了找人才，就把礼制全改掉，就像把今天的风俗全改了，再耗费民力来修宫殿，来收税供养那些找人才和管理人才的人。为了完成这些事情，要设立军队，还要管理官员，这其实是一种人为的添乱。如果改革没什么意义，又何必去尝试？”

神宗看到这里，有些明白苏轼的意思了。他接着往下看：“因为这些，我认为这些学校，只要沿用原来的制度，只用把先王的旧业一代代传下去就可以了。再说贡举这件事，只要从四个方面去权衡：陛下看祖宗所推行的科举制和今天的相比哪个更好？言语和文章，和今天比哪个更好？所得到的人才，和今天比哪一个更多？天下的事，和今天相比哪一个处理得更好？把这四点的优劣一比较，争论就可以解决了。”

神宗摇了摇头，冠顶上的金饰闪耀夺目，他猛然醒悟，说道：“我原来就怀疑这个改革，读了苏轼的奏议，思路就完全清楚了。”苏轼正是用这样的方法，把自己的观点委婉地告诉了神宗。而且这种方法并不具目的性，反而让神宗感觉是自己想到了这一层。

神宗当天就召见了苏轼，问：“目前朝廷政事、法令的得与失都有哪些？你只管告诉我，即使是我的错，也请你明言。”

苏轼回答道：“皇上有生来就明理的天性。治国之道，不怕不明，不怕不勤，不怕不果断，就只怕求治心太急，听的意见太泛，进用的人才过快过多。希望皇上能守静以压制住急躁，静等着变化自然到来，然后适应它就是了。”

神宗恍然大悟，心有余悸地说：“你这几句话，我应该牢牢记住，好好思量。你在馆阁工作，希望能替我好好考虑治乱的措施，不要有什么隐瞒。”苏轼抬头应允，恭敬退出。出来之后，苏轼心中十分畅快，虽然他明白自己的言论一定会得罪王安石，因为建议被采纳之后，新政一定会推迟实施。但是耿介如他，爽快如他，怎么可能隐瞒内心想法，只一味附和？

退出之后，苏轼把神宗的话告诉了其他同僚。他十分欣慰自己可以让皇帝回过神来。但王安石心里却十分不快，他认为苏轼根本没有看见新政的好处，而且目光短浅，不适合参与朝政。

在王安石的心里，只要苏轼忙起来，神宗也就不会三天两头听见他的建议了。可事实并非如此，苏轼开始上书谈论新法的弊病，这意味着他与王安石的对立正式开始。

连番不断的斗争

王安石一心想要驳倒苏轼，甚至有些坐卧不宁。在他的眼里，新政是先知一般的政策，这些人不懂新政的长远意义。而作为新政的主导人，王安石认为自己义不容辞地要担当起全力推进新政的责任。仁宗在位期间王安石得不到赏识，神宗即位后，因为得到了韩维的赏识才逐渐受到神宗的重视，最终成为神宗所信任的人。但后来在推行新法的过程中，韩维发现王安石刚愎自用，为了点醒王安石，韩维几次向王安石提出质疑并进行劝导。

可惜韩维的苦心并没有被理解，他反而被王安石视作阻碍，不久，韩维便被王安石借故贬出了京师。苏轼虽然为韩维感到不平，但无奈他也改变不了什么。

时光如流水，一年一度的元宵佳节快到了。这天傍晚，天边的落日轻盈地洒下了一层绯红的光影，天地之间山川河岳在这一片明辉艳光中熠熠生辉。护城河边风儿轻轻吹过，水草、苇影随着暮歌摇曳起舞。

街边的人已经越来越多，各色精巧的灯盏已经被摆上了小摊。一路过去，天光逐渐暗下来，人间的灯盏却依次亮了起来。

虽还未到元宵节，但街头的鼓乐、歌舞、百戏、杂耍等活动已经开始，到处热闹非凡。可此时百姓的心情却并没有像往年的元宵节那般美好。

原来在这年元宵佳节将临时，朝廷下令开封府到浙江去买彩灯。这其实是神宗的意思，他想元宵节时在宫里为皇后和太后布置一场灯会，想把整个皇宫都装点成一个五彩缤纷的世界。但等负责采买的人把元宵节灯的单价和总计汇报上来之时，神宗有些惊讶：“怎么会要这么多钱？”

“皇上明鉴，每年的元宵节灯都不便宜。而且宫中所要之物，肯定是要最好的，再加上宫室众多，那么所需要的花费必然不少。”来奏报的人如实回答。

“嗯。”神宗迟疑了，“你先下去吧。”

几日之后，宫中传来旨意，要求压低收购价格采买灯具。

这条旨意一出，民间一片哗然，谁也没有想到一朝天子居然会与民争食。很多贫民就是靠着一年一度的元宵节制灯售卖，才能积攒少许钱粮，为来年的春耕留出些余钱。可朝廷要压低价格收购，那么不仅制灯的成本收不回，还要倒贴上人工和时间。

一时之间，民怨沸腾。但身处深宫中的神宗并不知晓，神宗还以为百姓非常荣幸，都为自己所制的灯能被宫中选中而自豪。如果放在从前仁宗的年月，出现这样的言论倒是也有可能，但是在神宗期间，新政干涉商业，要求所有小商贩都必须归官管，民众家里的包括鸡鸭等财产都要记录在案，甚至连参军徭役都需要拿钱去赎。如此一来，百姓手中何尝有余粮？

当百姓面临生存困境之时，哪里还会有人认为宫中把自己辛苦做成的灯低价拿去是一种荣耀？

苏轼坐不住了，他向神宗进言说：“皇上难道会把元宵观灯作为快乐吗？其实这不过是想侍奉皇后和太后，讨她们的欢心罢了！然而皇上的这份心，百姓是不会知道的。以低价从他们手中买灯，他们会认为皇上是为了自己的享乐，去夺取他们赖以为生的根本，这件事本来很小很小，但它牵涉的事情却很大，请皇上收回成命。”

在这件事情上，神宗听从了苏轼的话，最后下诏取消了。但这并不能代表什么，因为王安石比苏轼更懂神宗的心。很快，全面的整肃行动开始了。

熙宁三年（公元1070年），王安石开始全面整肃御史。

为何王安石要把目标瞄向御史，这是因为在整个北宋的官场结构中，御史归于监察机构。而一个国家的监察机构代表着对当政政权的舆论，御史的职责就是向皇帝反映民情，通报舆论，时刻把最全面的民间百态传达至上层。一个良好政权的运营就在于监察机构是否能正常运转，只有这样，朝廷政府的各项政策才能及时收到反馈，有则改之，无则加勉，由此可知御史的重要性。

但是在王安石眼里，御史却是一个不听话的官职。于是他一边加大新政推行的力度，大力提拔那些推行新政最得力的官吏，而对那些推行不力的官员有的免职，有的贬谪，防止那些百般反对新政的言论不小心钻入神宗的耳朵里。

比如说王安石推行的青苗法，为了增加国库的收入，强制性要求农民在春耕前就向政府借贷，等到秋收交完纳粮之后，偿还本金和利息。更为严苛的是，新政规定，所有的农民必须向政府借贷，不允许不借。虽然王安石推行这一新政的本意是为了保障所有人都有钱购买种苗和种子，保障播种率。但是到下面的实际操作时却变了味道。下级官员们制订的利息往往比本金还要多，几番折腾下去，农民即使是五谷丰登也没有办法还清欠债，更不要提荒年时的惨状了。

在农民看来，官家逼着他们借贷，就是为了赚取那份利息。农民纳完粮之后还要还钱，这样充实国库的方法简直让人“叹为观止”，最终是民不聊生。国库收不上本金和利息，就开始捆鸡捆牛，把农民的房子全收了。如此涸泽而渔的政策，怎么可能不让百姓绝望！

在王安石看来，他的本意是让朝廷出钱让所有人都可以及时播种，不需要筹措种苗钱。但下级官员上报说，是农民把借去的钱挪作他用，或者是耕种技术不佳，造成收成不好，才让新政推行受阻。

面对这一切，御史有权利向皇上直接进言。但王安石担心的却是，新政本身就受到很多非议，如果此时只因为农民把钱挪作他用，或者种田技术不佳而推翻整个新政，那岂不是本末倒置？于是王安石刻意制造了新政大受欢迎的局面，天下喜乐无一处不丰足的假象。

王安石这边哄着神宗，让神宗相信新政的好处是长远性的，必然会让朝廷气象为之一新，实现富强。那边又让神宗以为一切改革都是有阻力的，把所有反对新政的人都归为为私人利益而阻拦新政实施的守旧党。为此，他首要的任务自然就是整肃御史台了。

很快，反对新政的官员一个个被罢官或者被远调，朝廷所剩的官员越来越多地成为王安石的亲信与支持者。苏轼本来还算安全，王安石并没有要对付他的意思。可苏轼面对新政给百姓带来的痛楚，无法坐视不理，向皇帝呈上了“上皇帝书”，洋洋洒洒九千字，力述新法的不利。

王安石暴跳如雷，他想不通，为什么如此利国利民的新政，那些守旧派就是看不懂呢？于是，王安石只能把一切不遵循他意见的人都视作敌人。苏轼也因此被王安石视为异己：“竖子小儿，眼光短浅，知道些什么仁义道德就如此武断。朝廷若都是这样的官员，积弊如何除，大宋如何立国？”

王安石看到了当时的宋朝正处于历史转折期，经济的发展让社会矛盾逐渐突显。他认为自己的新政正是解决矛盾的方法，虽然新法也确实在一定程度上起到了一些作用，但同时也带来了许多祸患。而神宗只看见国库空虚和积弊，只希望自己成为一个有作为的皇帝，青史留名，能带领宋朝走向富强。而王安石的这些观点切合了神宗的心理，也因此得到了神宗的信赖。

苏轼想起曾经听过的言论，在王安石当政之初，元老重臣的确是非常看重他。

宋朝当时朝野氛围甚是开明，人人愿意给有作为的后辈机会，让他们有机会展露才华。后继有人，也代表政吏清明，这也可以从欧阳修对苏轼的提携上看出来。

王安石起初还声望极高，备受推崇，但他当政后不久，声名便急转而下。

有一天御史中臣吕晦与司马光一同面圣时，两人走在路上，吕晦突然向司马光展示了自己所写的对王安石的弹劾表，说：“执邪见，不通物情。置之宰辅，天下必受其祸。”

司马光正在观看远处的风景，忽然听见这几句话，不由得惊讶："我们又能有什么办法，现在正是他深得人望之时，即使弹劾也不会有什么作用。"

吕晦不为所动，依然把弹劾表递了上去，果然没多久他就被革职了。自吕晦之后，王安石排除异己的心思由暗转明，整个北宋官场开始溃败。

当然，在王安石看来，他是顶着所有的压力，为推行新政做着牺牲一切的准备。王安石相信，后人们会看见他的努力，会明白他超出时代的预见性。

没过多久，苏轼的弟弟苏辙也遭到了流放。苏轼明白弟弟的性情，以弟弟知百姓、守节操的为官作风，势必会反对王安石脱离实际的青苗法和市易法。这两条政策一个是朝廷逼着百姓向自己借钱耕种，秋收时百姓纳完税根本无力还款；一个是朝廷把所有商业都控制起来，大小商户都要入朝廷的商会，买卖全归朝廷管，与民争食还要收取管理费。如此新政如何不激起民愤？

御史台官员个个怒争上谏，却一个个招来祸患。北宋稍有道义之心的大臣良吏纷纷上书反映百姓实情，都被王安石一力压下。他派亲信编派谎言，伪造民情。

宋神宗听信了王安石的辩解，把所有反对新政的人都视作尧舜时期的"四凶"，一律革职，轻者流放，重者杀头。那些深孚民望的重臣大儒，则主动或者被逼告老还乡。

一日，苏轼与司马光、范缜一同商议政事。书房里暖意融融，但并肩作战的三人却是心如寒冰。司马光是青史留名的良臣，范缜则是坚持原则的良士。司马光与范缜此时都因为气愤厌恶而辞去了官职，范缜更是强硬，他去职之时，还专门写了一篇辞呈。

此时房间里就这三个人，说话更是直奔主题。苏轼说：“范兄你当时写的辞呈真的是把王安石气坏了，实在是大快人心呐。”

范缜一身布衣，微胖的脸上满是未消的愤怒：“实在是气愤至极，朝廷出了这样一个怪人，软硬不吃，不理世情，像只倔驴子一样拉都拉不回。一手遮天，眼看着这天下全被他糟蹋了。说了不听，不如辞了干净。”

司马光点点头说：“范兄所言甚是，待在这样的朝廷里，不如一走了事。”

“陛下有纳谏之资，大臣有拒谏之计；陛下有爱民之性，大臣有残民之术。范兄这几句着实说得痛快！”苏轼击节而起。

“可惜说得再痛快，依然改变不了什么。陛下不过就是将奏折给了王安石看，终是没有什么实质性动作。”范缜倒是有些失望，自己辞官不是为了气谁，只是为了警醒皇帝，却奈何并没有起到什么作用。

司马光在三人中的声望是最高的，曾经也是支持王安石的一员。在被外派至陕西做官之后，为人严谨理性的他还诚恳地与王安石讨论过新法。

但几经书信来往之后，司马光彻底看清了所谓的新政，在百般劝说王安石无用之后，才与王安石决裂。当时皇帝还几番召他回京，但他早已心寒。

“只要司马光在侧，朕就犯不了什么大错。”宋神宗经常这样说，但在司马光看来，在侧又如何？再怎么说也听不进半句，自己的存在有何意义？若非失望绝顶，司马光也不会请辞。

司马光与范缜二人遭受如此境遇，让苏轼隐约望见了自己未来的命运。

苏轼亲手为司马光与范缜两位老友满上茶水，澄澈的茶汤如镜子一般倒映出三人的神情，既知天命，何妨洒脱以对？

三人举杯一饮而尽，一切言语尽数倾入腹中，混着这萧瑟秋风，惨淡秋雨，晚来风也急。起身之后，又是另一篇故事了。

明知山有虎，偏向虎山行。这样的气魄，只有那些坚持政见，坚持初心的人才拥有，哪怕要搭上自己的前途，从此一生颠簸，也依然义无反顾。

这一件件事，让苏轼看清了王安石和他推行的新政，也促使他写下了那篇令王安石暴跳如雷的万言书。如后人所说："整篇文章充满了机智、学问和大无畏的勇气，义愤的争论中夹着冷静、简明的推理。有时文笔犀利，直爽无比；有时徐徐道来，引经据典。文章内容巧妙、诚挚、有力，对世事满怀激情和悲哀。"

当时，苏轼在将万言书递上去的那一刹那，就比任何人都明白，自己将会面临什么样的结局。继司马光、范缜和弟弟苏辙之后，本可置身事外的苏轼主动递交的这封万言书，让他直接被贬谪。

苏轼写道："我想说的话，只有三句：希望皇上能结人心，厚风俗，存法度。君主所依靠的，就是人心，这就像树木依赖于树根。如果君主失去了人心，他的统治便会灭亡，这是必然的结局。"苏轼认为，好的朝廷要靠吸纳不同意见，保持健全作用来维持的，历史上有名的贤君，都是希望听取不同意见，用以完善自己的决定。

万言书中所说之事甚多，苏轼很直白地向神宗陈述，当下全国的商业已经被打击殆尽，近到京师四周的省份，远至川蜀地带，人人自危。何况自历代起，管理财政的都是三司。如今皇上放着三司不用，忽然又建立起一个所谓的“三司条例”一司。这一司每天就是几个年轻人在里面空谈议论，唯一做的事情就是派几十个使者去全国宣传推行新政。不管实际，不论世情，这几个年轻人和几十个使者为了自己的政绩和利益，大肆造假。新法早已失去民心，再坚持又有什么意义？

这样一封言辞恳切的万言书交上去之后，神宗却没有反应。虽然越来越多的官员顶住压力开始弹劾新政，但是在神宗眼里，新政在大方向上是没有问题的，只是有个别条例不适合罢了。

此时神宗虽然已经下令禁止强摊贷款，但新政依然在施行。这就像个偷鸡贼，说是有心改过，但却仍要偷鸡，只不过，把一天偷一只改成一个月偷一只而已。对此，苏轼再上一书，苦口婆心，历数新政施行以来对全国造成的害处。

王安石见状，把所有的火力都集中对准苏轼。此时，那些反对王安石的高官大臣大多已经去职，形势对苏轼越来越不利，他知道，自己此时再上书也不过是加快自己被贬谪的速度，让自己被贬得更偏远而已。

但即使如此，苏轼还是借考试进士策问的机会，对王安石进行讥讽。这一次，王安石直接把苏轼免职了。而此时整个朝堂之上已经没有一个人能为苏轼说话了。王安石让自己的亲戚兼随从谢景温弹劾苏轼，理由是滥用职权。

谢景温扬扬得意地状告苏轼：“在护送其父苏洵的棺木回四川时，苏轼不仅滥用了政府卫兵为其行守卫之职，而且还私自用公家钱粮给苏家买了家具，甚至利用自己乘坐的船只购买了大量私盐用以谋利。”为了证明这一点，王安石还马上派了大堆官员到苏轼一路经过的地方调查走访，向每个见过苏轼的船夫和士兵询问。可惜白的就是白的，再怎么抹黑也变不了黑的，这事最终还是不了了之了。

“欲加之罪，何患无辞。”这是苏轼对此次弹劾的唯一评论。

王安石再一次用伪造的新政政绩唬住了神宗，苏轼面临被贬谪的境地。神宗本意是将苏轼作为太守外放，但是王安石与谢景温却不同意，他们想把苏轼放得越偏远越好，以让他永远地远离政治中心。

神宗与王安石的意见相持不下，最后折中把苏轼派到杭州作判官。杭州判官官职微小，但杭州至少是一个山明水秀的地方。也许在神宗的心里，苏轼终究是忠心可感，人才难得。

苏轼准备离京去杭州上任之时，京师突然发生了暴乱。

冰冻三尺，非一日之寒。此事起因是前一年开始实行保甲法，当时士兵一直在京师周边村子里练兵。村子里的居民被要求上缴军备，如弓箭刀枪等，弄得村民人心惶惶，加上谣言四起，传到后来，甚至闹出将派村民上前线打仗的消息。

为了躲避可能被征兵的命运，村民做了不少惨烈的事情，比如自伤手腕，自断手指。为了逃兵役，村民先是示威，后是抗议游行，最后演变成暴乱。在铁血镇压之下，暴乱很快得到平息，但这次暴乱正好发生在韩维任太守所辖的地界，他难辞其咎，自然遭到罢免。

苏轼对保甲法的弊端虽然心知肚明，无奈此时他已经是自身难保，徒呼奈何。

想来韩维一手锦绣文章，一腔忠肝义胆，也只得收拾行装，贬谪外放，时也，运也。

熙宁四年（公元1071年）七月，苏轼带领家人离开京师，赴杭州去任职判官了。他别过了血雨腥风的朝堂，虽然心有愤懑，未能一展报负，但也因此收获了一段温软时光。

第四章
杭州行，失意里的得意人生

温山软水的南国

南国风光不同于北方的粗放，明山秀水之间，自有一股风轻云淡的温馨氛围。自古以来，人们赞美杭州“上有天堂，下有苏杭”。其中杭州最为有名的地方便是西湖，虽然全国有很多叫作“西湖”的地方，但一提起西湖，人们首先想到的依然是杭州的西湖。三面环山的西湖碧波盈盈，自然孕育成一片湖光山色。环着西湖的山有着很多的奇峰，山顶云雾缭绕，仿佛仙女的丝带，从山顶到山脚，有些山峰凌厉，有些秀美，各有特色各有风情。

山间竹林茂密，泉水叮咚，古寺古塔不可胜记，如灵隐寺、黄龙洞、烟霞洞、放鹤亭等。西湖湖中有岛、岛中有湖的小瀛洲便是三潭印月所在，这里也最适合欣赏杭州风景。另外还有白居易留下的白堤，以及此后因苏轼而闻名的苏堤，都是游人喜爱的赏玩之地。

从暗藏刀光剑影的朝堂来到山清水秀的杭州，苏轼的心情从失意中逐渐平复。

此时的大宋朝廷也终于得到了表面的平静。因为一切反对王安石的人都已经被清除了。

欧阳修也退隐于安徽富阳，苏家世交张方平，也就是曾经一力举荐苏洵的张家此时也迁到了河南淮阳。苏轼的弟弟苏辙也是出于这个原因才选择了淮阳。

后来张方平辞职归隐，迁居南京（即应天府，今河南商丘），苏辙也请调南京为官。之后苏轼几次回返京师，都借宿在张宅，对张方平如对叔伯长辈一般。司马光和吕公著则退隐于洛阳，吕晦病死。老宰相富弼一生贤良，却被降职为博州太守，因为内心惆怅，自认未能及时识清王安石的真面目，到今天眼看着新政将大好江山糟蹋成一片荒土，常一人仰望屋顶无声叹息。

也许离开也是一种解脱，对于苏轼来说，他过于耿介的性情实在不适合官场。他不像弟弟苏辙，苏辙年前已经被神宗任命为淮阳州学教授。苏辙性情不比苏轼的倔强任性，他更懂得如何保护自己不受侵害，能洁身自好的苏辙才会选择那样一个平安卑微之地与一众贤士相往来。而苏轼几番争斗，从朝廷高官沦落到现在的小小判官，虽再也无法与昔日相比，但他从内心来说，更愿意接受这样的平静生活。

到杭州之后，苏轼发现这里民风朴实。市民与同僚对他非常尊敬，僧人名士久仰他的文名与为人，对他礼遇有加，甚至连歌妓都崇拜他。

续娶的妻子，温暖的家庭，再加上每日承欢膝下的儿女，这些都让苏轼慢慢展颜开怀。这里成了苏轼的疗伤之地，他也在这里写下了不少动人的诗篇。

杭州的山水滋养了苏轼的文学灵魂，让他在官场的打击中得到了解脱。

“此时若有天堂，也不外乎如是。”到了杭州之后的苏轼，性情中天真洒脱的一面再一次显现出来。在此后的八九年里，他一直在杭州、青岛附近的密州，还有苏州等地任职。处处政绩民声均佳。

苏轼调任杭州期间，一有闲暇，就会去陈州（现在的淮阳）苏辙家小住，每次都会带上许多礼物。

此时苏东坡的大儿子苏迈已经十二岁了，另外只有一个尚在襁褓的婴儿。弟弟苏辙则有了三个儿子和七个女儿。因为俸禄少，子女众多，苏辙过得甚是贫苦，住的也是又矮又小的房子，根本不能和过去在京师相比。

性格洒脱的苏轼经常笑话苏辙的身高，小小的房子对于身形高大的苏辙来说显得太矮了些："常时低头诵经史，忽然欠伸屋打头。"这诗就是专门写给苏辙的。

张方平和苏辙、苏轼经常一起小聚，饮酒畅聊。有时候，苏轼的夫人带着孩子与妯娌们一起聊天做家务，苏轼则和苏辙一起去柳湖划船，去城郊散步。

彼时花红柳绿，苏轼与苏辙两人一身简朴布衣，边走边说，谈的无外乎是朝廷与家人。苏辙个子较高，面孔圆润些。苏轼比较结实，骨肉均匀，面孔很大，颧骨高耸，前额突出，眼睛长而明亮，下颏匀称，留着潇洒的胡须。

"子由，你说这朝廷如此行事，究竟要惹出来多大的事情，才能清醒？"苏轼无奈地问道。

"哥哥，这谁又能知道呢？这样的情况已经持续几年了，眼看着却无能为力……"苏辙按下了心中的情绪，叹了口气，终归还是没有说下去。

"我真是气不过，若不是那位从中作梗，怎么会到今天的情形！”苏轼义愤填膺，声音突然变大，从他身边走过的人诧异地看着他。

“嘘。”苏辙把食指放在自己嘴唇上，示意苏轼别说了。

苏轼看着弟弟的动作，便没有再说下去。路边杨柳如丝，春风拂面，春日的阳光轻柔地映照在他们俩身上，却带不来一丝暖意。

这个食指挡唇的动作苏辙后来用过第二次。也许苏辙明白，以哥哥的性情是难以掩住脱口而出的冲动，但作为弟弟，他还是尽可能地保护哥哥不要祸从口出，只可惜成效不大。

苏轼说：“子由，我也明白自己太口无遮拦了，但时常觉得不吐不快。”

苏辙轻声说：“但也得看和谁说，有些人可以信任，有些人不可以。”

“可惜我做不到，看见谁我都是说心里话，心里有事根本藏不住。”苏轼放慢了脚步，风吹过来，掀起了他的衣角。“就像我那次上表给陛下，虽然明知道上表会给自己带来灾祸，但我还是上表了，也只有晁端彦真正为我担心。”

晁端彦是苏轼的“同年”，二人同一年考中进士。“但那时别人都是看笑话，我和晁端彦说起我曾经通过了先帝的特别考试之后，那些听到风声的高官们才把我当作了朋友。我一想到先帝都曾听过我的谏言，此时我如果还保持沉默，身为臣子的良心何在？后来我也和他说过，当时我真的以为自己性命难保。”苏轼回想起那个真正担心过他的朋友，嘴角不由泛起了一丝微笑。

“他当时脸上严肃极了，好像我马上就会死了一样。我马上又说没事，陛下如果真的想杀我，杀了就是，但如果杀了我。”稍作停顿后，苏轼哈哈大笑，“好了你，我才不干呢！哈哈哈哈！”

苏辙听到这里也不由得哈哈大笑，“哥哥你真是，晁端彦大人为你担心，你还那样逗弄人家。”

两兄弟在一起，可以随心畅谈，日子过得飞快。中秋过后，两人结伴去了颍州（今阜阳）与老师欧阳修为伴。

欧阳修喜出望外，学生们能特意来陪伴他，他落寞的心里暖意洋洋。

在杭州的日子里，苏轼静静地享受着生活。纵观他的一生，杭州已经成为他的“第二故乡”。他曾在诗中这样写道：

未成小隐聊中隐，
可得长闲胜暂闲。
我本无家更安往，
故乡无此好湖山。
（《六月二十七日望湖楼醉书五首·其五》）

这里离京师很远，这里的风土人情跟京师里明争暗斗的朝堂相差太多太多。这里的人们喜欢苏轼的直率和天真，喜欢他文字里的洒脱与自在。杭州是苏轼心里的温暖家园，而杭州百姓也非常爱戴他。后来，他被捕时杭州人纷纷在街上设龛拜祭，替他解灾。

杭州是苏轼梦里最温柔的所在，多年后，他离去，又再度归来之时，人们夹道欢迎，如迎英雄回归。苏轼一生在杭州留下无数功业，建树颇多。杭州的山水与风景也激发了苏轼的诗性与才情：

水光潋滟晴方好，
山色空蒙雨亦奇。
欲把西湖比西子，
淡妆浓抹总相宜。
（《饮湖上初晴后雨二首·其二》）

这首诗，成了公认最好的咏西湖诗。若非爱至深处，又怎能看见最美的一面？

红尘中的意外相逢

在杭州的这几年光景里，山水如友一直陪在苏轼的身边，苏轼每天都在山水之中释放心灵，甚至连辩讼决案等事务也放在西湖处理。仕途上的不如意，让苏轼对人生有了更深的领悟，这种领悟，在不知不觉间渗透到了他的诗词中。

山与歌眉敛，波同醉眼流。游人都上十三楼。不羡竹西歌吹、古扬州。

菰黍连昌歜，琼彝倒玉舟。谁家水调唱歌头。声绕碧山飞去、晚云留。（《南歌子·游赏》）

这首《南歌子》写的是宋时杭州的名胜十三楼。十三楼是临近西湖的一个风景点，“游人都上十三楼”，说明只要来游览的人都会来到十三楼。此词虽然是写十三楼，但却用写意的笔法，着意描绘听歌、饮酒等雅兴豪举，给人一种飘然欲仙的愉悦之感。古扬州的竹亭与十三楼对比，笔墨虽少却如在眼前。歌眉与远山，目光与水波，“山与歌眉敛，波同醉眼流”，如此胜景，人已醉，景成仙。

杭州历来不缺美景，更不缺美人。而苏轼这样的大才子、大诗人更是得到了杭州众多歌妓才女的仰慕。当时人人以能得到苏轼一词而为荣，如果有歌妓得到了苏轼为其亲手写的词，那更是风流逸事，足够品味多年。

那时的风气，文人仕子赏花看景一定会邀歌妓同行。试想想，抱着琵琶，弹着瑶琴的美人柔软吟唱，拨弦的指甲上豆蔻绯红，美人粉颊含羞，娇态如雾，身形婀娜，眉目之间满是柔情，该是何等醉人。

有一次苏轼跟府僚一起到西湖宴集，当时的官妓秀兰因为沐浴之后有些困倦迟到了。秀兰冰雪聪明，折了一枝石榴花赔罪。苏轼见秀兰披着深红的披纱长襦裙，系在裙裾上的小银铃叮咚作响。秀兰屈膝拜见，连连赔罪，苏轼提笔而起，一首词瞬间而成：

> 乳燕飞华屋。悄无人、桐阴转午，晚凉新浴。手弄生绡白团扇，扇手一时似玉。渐困倚、孤眠清熟。帘外谁来推绣户，枉教人、梦断瑶台曲。又却是，风敲竹。
>
> 石榴半吐红巾蹙。待浮花、浪蕊都尽，伴君幽独。秾艳一枝细看取，芳心千重似束。又恐被、秋风惊绿。若待得君来向此，花前对酒不忍触。共粉泪，两簌簌。（《贺新郎·夏景》）

在座众人不由拍手称妙，其中一人说：“东坡此词，冠绝古今，看似是为一歌妓所写，实则其意超然。”而真正懂苏轼的人则明白，他一身才情，却壮志难酬，岁月如水报国无门。借秀兰失时之态，写尽了自己的失意人生。秀兰不会想到，自己一时迟到，一枝石榴花，却自此在史书上留下了痕迹，这样美丽的邂逅，正是历史最迷人的褶皱。

杭州的花草，杭州的山水，杭州的才子与佳人，还有杭州官场上僚属对他的尊敬与礼遇，让这里成了苏轼最爱的“人间天堂”。

熙宁六年（公元1073年）冬，苏轼因公被两浙转运使派往常州、润州等地赈灾。因为公事繁忙，苏轼直到第二年入夏之后才得以回到杭州。这一次是他离开最久的一次，思念杭州几乎成了他的习惯，而他将这份思绪寄托在了诗文中。

> 去年相送，余杭门外，飞雪似杨花。今年春尽，杨花似雪，犹不见还家。
>
> 对酒卷帘邀明月，风露透窗纱。恰似飞娥怜双燕，分明照、画梁斜。（《少年游·润州作》）

雪花与杨花，似是来时，却已隔年，如此深刻的想念可知苏轼对杭州的眷念有多深！一个人有幸遇到一座有缘分的城，这需要福分。苏轼的福分在于遇见了懂他并能让他放松下来的杭州。而杭州的福分则在于拥有了苏轼，山水无情如美人，若无法遇见欣赏她的名士，即便一生绚丽多彩，也只能寂寂一生。像那绝世幽兰，一生孤独于深山之中不得为人所知。

苏轼的心正如那幽兰，他有才华，更有抱负。但京师容不下他，却意外在这个被贬谪的城市里找到了知己之感。苏轼最喜欢一个人去山间闲逛，去寻找人迹稀少的高山，去寻找澄澈泉水的源头。

苏轼喜好远游，喜欢去各类寺庙里与和尚们交朋友，自小便在佛教氛围里长大的苏轼自然也寻遍了杭州的寺庙。而这些途中的故事，也成为民间无数逸闻趣事取之不尽的宝库。其中苏轼与佛印的故事最为人所津津乐道。

传说有一天，苏轼和佛印去参观一座庙宇，这前殿里面放的不是其他的神佛，而是哼哈二将。

苏轼一看，玩心顿起，马上问佛印："这两位，你看哪一位更重要些？"

"那得看谁拳头大。"佛印告了声佛号说。

苏轼微微一笑，不做声，接着走。内殿有一位观音菩萨，苏轼问道："菩萨念谁？"

佛印说："念自己。"

"为什么？"苏轼追问。

佛印说："求人不如求己嘛。"

苏轼满腹调侃都被佛印的妙语堵住，噎了回去。

还有一次，佛印禅师要登坛说法，苏轼去晚了，没座位了。佛印说："已满，无学士坐。"

苏轼妙答："既无坐处，就以禅师四大五蕴身为座。"

佛印说："既如此，我问一问题，如果答出来了，我的身体给你作座位。答不出，你身上的玉就是我的了。"

苏轼二话不说马上答应。

佛印道："四大本空，五蕴非有，请问学士要坐在哪里？"

都是空，都是无，哪里有座？苏轼又被噎住了，心服口服把玉留下了。

为这事，佛印还作过一偈："石霜夺取裴休笏，三百年来众口夸；争似苏公留玉带，长和明月共无瑕。"

"三百六十寺，处处题清诗"，正是描写苏轼。因为与佛家相交甚多，所以苏轼的诗词里开始"久参白足知禅味"。其中苏轼的朋友里，很多名僧大德，诸如"溪声尽是广长舌，山色无非清静身""回头自笑风波地，闭眼聊观梦幻身"等。红尘滚滚，一身疲倦的苏轼能遇到杭州正如红尘之中的意外相遇，醉心于山水，潜修佛理，虽是在贬谪之中，却丝毫不觉苦闷。

熙宁六年（公元1073年），还发生了一件事。神宗眼里的圣山——华山发生了泥石流。对于那个时代的君主来说，这就是上天的警示。

一切自然界里发生的事情，都是对皇帝发送的信息。为了抚平上天的怒气，神宗从自己的寝殿里搬了出来，开始戒荤食素，并且着布衣履粗鞋。但这一切并没能消灭想象中的老天爷的怒气。

熙宁六年夏天到熙宁七年，整个春天久旱不雨，各地奏报上来的都是有关旱情，眼看着将颗粒无收，天下陷入大饥荒。神宗内心惶恐不安，认为老天爷不降雨是因为要惩罚他。

这一日，他在寝殿坐卧不安，特意召来王安石，求问天灾的事情。

王安石回说："不论是水灾还是旱灾，都是天灾而已。哪怕是尧舜这样贤明的君主，他们治国之时也有水灾旱灾，不需要想太多，只要把善政新政继续施行下去就好。"

但是神宗这一次却没有因为王安石的劝解而打起精神："我正是担心这一点，我们所行的新政真的是善政吗？这几年人人在我面前批评新政里的商税法规，连太后和皇后这些后宫之人也听到了许多的议论。”

大臣冯京也在现场，他一听，马上说：“陛下，不仅她们，连我也听见了很多这样的议论。”

王安石极为不屑地摇了摇头：“那些对新政不满的人全都聚在您身边吧，不然怎么您就听见了，我连一句都听不见呢？”

冯京一时难以回答，但神宗心里却开始真正反思新政了。

没过多久，压死骆驼的最后一根稻草，小吏郑侠出现了。

郑侠画了一幅灾民拴着铁链砍树、赚钱还公债的画轴，还附了一张短笺，一齐献给皇帝。短笺上写道：“窃闻南征北伐者，皆以其胜捷之势，山川之形，为图来献。料无一个以天下之民质妻鬻子，斩桑坏舍，流离逃散，皇皇不给之状，图以上闻者。臣谨按安上门逐日所见，绘成一图。百不及一，但经圣览，亦可流涕。况乎千万里之外，有甚于此哉！陛下观臣之图，行臣之言，十日不雨，即乞斩臣宣德门外，以正欺君之罪。郑侠上对。”

郑侠说，如果神宗能相信他说的话，愿意把新法废除，那么十天之内，必然下雨。如果不能，那他情愿被杀。这是神宗第一次看到新政影响下农民境况惨不忍睹的画面，他大为心酸，将这幅画带回了后宫拿给皇后和太后看。

太后慈悲心肠，一见之下大为心痛：“我早就听说新法中的助役金和青苗法害苦了百姓，如今一见实在令人心痛。我们也许不应该改变祖宗之律法，不能用新政去压迫百姓。”

神宗却说：“新法是想造福于百姓，从未想过压迫他们。”

太后说：“的确，我也知道新政的构思来自于王安石。王安石虽然才气不凡，但是树敌过多，新政推行这么久，未见成效，反而民怨沸腾。真的为王安石着想，最好是先把他停职。”

神宗依然有不舍：“但纵观全朝，只有王安石堪当大任啊。”

太后说：“不可否认的是王安石真的惹下了大麻烦。看这图画里的情景，人间地狱有过之而无不及。”

经过一番深思熟虑后，第二天，神宗免去了王安石的职位，同时下令废除商税、青苗、助役钱、保甲法和方田均税等十八项措施。

巧的是那天真的下起了雨！

但是王安石依然安然无恙，反而是郑侠被弹劾了。

因为越级上报，郑侠遭到弹劾。这事实属无奈，最初他按规矩献图时，宫中官员却说他官职太小，没资格与陛下通信。为了把那幅图呈给神宗，郑侠只能跑去京师城外，谎报军情说有紧急军报，让官差速速送入宫内。这也让御史们有了弹劾他的理由。

由于非法利用官差，御史们审问了郑侠。郑侠受到了不重不轻的处罚，但到了第二年的一月，郑侠再一次铤而走险，画了一册“君子小人图”呈给了皇上。当时大殿里一片肃静，一脸大义凛然的郑侠，身材虽不伟岸，但所做之事却不由叫人敬佩。

神宗一身龙袍，金光熠熠，太监把图册小心翼翼奉到他面前，他打开一看，图上画的是唐朝几位有名的忠臣与奸臣。以古喻今，虽未直接说到当今朝廷，却是什么都画了出来。

王安石在不断遭到弹劾的情况下已经被罢了相，但是在他当政期间，所有反对他的人都已被罢免或调离，现在朝廷剩下的都是他的亲信。哪怕他被罢了相，对于朝政的影响力依然不可小觑。

郑侠的图册一献上去，王安石的亲信纷纷上奏要判郑侠死刑。

还好神宗此刻算是清醒，他说："郑侠顾国不顾身，我佩服之至，不得重罚。"

郑侠如此才侥幸留下了一条命，被贬去了英州。

百足之虫，死而不僵。没过多久，王安石再次被任为宰相，此时已经是熙宁八年（公元1075年）二月了。但这一次王安石在宰相的位子上没能做出什么事情，因为在王安石罢官期间，吕惠卿成了他的敌人。

王安石一提起吕惠卿便是一脸愤怒："如此小儿，初为我的追随者，百般婉转支持于我，如今我一罢官便落井下石，真乃小人也！"

而在吕惠卿看来，王安石心胸狭窄，自己不过是在他罢官期间罢免了他的弟弟，他便一直与自己过不去，"只准他罢免别人，他自己的亲弟弟犯错却不可受任何责罚。再如何，当初我追随于他之时，忠心如此，到头来只落得个里外不是人。枉我长了一双眼睛却没看出他是这样一个小人！"

王安石与吕惠卿明争暗斗，一时之间朝野之上再次掀起血雨腥风。

吕惠卿釜底抽薪，抱着宁为玉碎不为瓦全的心思，把身家性命全赌在了这一场恶斗里。"如此不仁不义之人，便是拼了我这一条命，也不会让他好过！"吕惠卿每次下朝回家总是积了一肚子恼怒。

吕惠卿的夫人见夫君一日比一日憔悴暴躁，再加上王安石的步步紧逼，内心不由得心生怨恨："夫君，王安石此人未免欺人太甚，心胸如此狭窄，一旦缓过来便如此对我们家。现在连我们家的亲戚都遭到了报复，真是咽不下这口气！”

吕惠卿一掌拍在书桌上：“有甚了不起，拼个鱼死网破也不让他好过！”

吕夫人原来还会劝吕惠卿做人留一线，日后好相见。但眼下形势越来越严峻，几乎已经到了不是他死，就是我亡的境地，她终于也想开了：“夫君，过去我总劝你以和为贵，如今看来竟是我的痴心妄想。罢了罢了，拼了这一屋子的性命也要斗下去，再避也不避开了。与其坐以待毙，不如放手一搏！”

自此吕家抱着玉石俱焚的念头开始与王安石争斗，很快吕惠卿把这些年王安石给他写的所有信函全部上交给了神宗。“陛下，王安石此人看似忠良，实则奸滑无比。这些年来，信件里多次提及的事情让臣现在都难以启齿。”

神宗大为吃惊，仔细翻看王安石信件，发现几乎每一封都有一句“勿让陛下知晓”。待神宗看完这些信，内心再也按捺不住对王安石的愤怒和痛恨。自此，神宗才算是真正清醒了过来。可惜，当年仁宗在位年间的名臣儒吏全都被清除了个干净，流落于全国各地偏远之地。满朝难寻可用之人。

在此事发生不久后，王安石儿子突染疾病。为了治好儿子，王安石请来京师无数名医，甚至连有名的僧人都请了过来，但依然没能救回儿子。这一次事情之后，王安石心有所悟，于熙宁九年（公元1076年）十月申请辞官。

至此，随着王安石的离去，新法再无人提。在王安石自己看来，他问心无愧，一生努力，一生心血全部都是为了大宋。但在苏轼等人看来，王安石才华是有，但他的刚愎自用却让新政严重脱离了现实，最终造成大宋积弱。新法之后留下的功与过，也只能留给后人评说。王安石下台后，吕惠卿得势，而此时的苏轼依然在被贬地杭州。

杭州的点滴时光

越是美妙的时光，越能令生命丰满。在杭州的每一天，对于苏轼来说都是生命的馈赠。在江北瓜洲任职时，佛印所住的金山寺与这里只隔着一条江。苏轼与佛印最是逗趣，有一次苏轼做了一首偈：“稽首天中天，毫光照大千；八风吹不动，端坐紫金莲。”

在这里苏轼把自己的修禅状态说得神乎其神，已不为世俗之称赞、讥讽、攻击、荣誉、利益、衰老、苦乐等所动，之后派人把偈子送给佛印。

小沙弥将苏轼的偈子呈了上去，当时佛印正在禅定，他微微一睁眼，阅后在上面批了两个字：“放屁！”然后轻轻点点头，让小沙弥把偈子送回去。

苏轼收到回批，火冒三丈，当即就乘船过江来找佛印。江水滔滔，船夫一直唱着船歌。一到南岸，船还没有靠岸苏轼就已经远远地看见佛印站在岸边。苏轼等不及，直接跳下了船：“你为什么用污言秽语来骂我？”

佛印哈哈大笑：“我骂你什么了？我骂你了吗？”江风烈烈掀起他的袈裟。

苏轼直接把纸递到佛印面前：“这是什么，这是什么，看看，这是什么。”

佛印正色问道："你不是'八风吹不动'吗？怎么一个屁就打过来了。"

苏轼一听，大为惭愧。

作为一个思想开朗豪放的大诗人，他的才思如"万斛泉源，不择地而出"，谨小慎微、循规蹈矩，或句句皆有所本，对他来讲都不可能。而在与佛印交往的过程中，苏轼也得到了许多滋养。

在杭州的日子里，苏轼最喜欢临水写字，书法淋漓纵横，如行云流水。妻子有时会问他："我虽不懂书法，但是看那些喜爱写字的人，却是正襟危坐，从不见似夫君这般洒脱写法。"

苏轼微微一笑，说："我写的书法虽不甚佳，但是自出新意，不践古人，是我的一大快事也。"

但弟弟苏辙懂他，苏轼的书法正如其人，博大、奔放、如山花一般生命力旺盛，不拘泥于规则与俗世。

苏轼写字之时，他的儿子苏迈就在一旁看着，有时帮他研墨，有时帮他抻纸。小小的一个人儿，肉嘟嘟的小手划过纸墨之时，有一种别样的童趣。苏轼喜欢儿子陪着他，也不嫌他小，有时还会手把手教儿子写字。写出来的字虽然不好看，但却每次都能逗得苏迈哈哈大笑。这是属于父子两人独有的亲子时光。

也许正是因为一直以来苏迈都和父亲很亲近，所以他对父亲苏轼的书法理解得很透彻："岂以书自名哉，特以其至大至刚之气，发于胸中而应之以手，故不见其有刻画妩媚之态，而端乎章甫，若有不可犯之色。"

不仅是写字，在杭州的日子里，苏轼还开始写一本散文集《庄子》。也许是杭州散漫而自由的生活点醒了他，也许是苏轼自己性格中的浪漫恰恰符合了庄子的精神。最初读庄子的时候，苏轼还很小。那时的他就认为："我终于找到了这样一个人，一直以来我心里的想法都被他说出来了。这本书真是太合我的心意了。"

人生如朝露，有些人自由自在，有些人严谨持身。苏轼正是那个以自由为魂的人，他的所思所想都基于自己的天性，从来不知道隐藏和遮挡。因为这样的性格，他也受到了无数的打压，却终是一生不悔，反而活出了潇洒的劲头。

在杭州，苏轼亲自设计了"三潭印月"的景致。今天我们所见的苏堤横卧湖上，小小仙岛投入水中的影子能成为一处天下第一的景色，就得益于他的构思。垂柳成行，人力的点缀非但没有打扰到自然之美，反而增加了自然之美。

苏轼依然记得自己第一次来杭州时的所见，那时他第一次住进了自己的公馆，这处位于凤凰山顶的公馆，南见钱塘江，远望可见数点出海的白帆如梦一般轻浮于海面之上。山顶处白云如雾，深山庙宇与富家别墅在翠绿的山林间点缀着。东望钱塘江湾，江水如巨手拍打江岸，水气森森。

凤凰山下，自北向南正是杭州城，城外高墙环绕，河道井然，桥梁通行。每天苏轼的夫人打开窗户，便可见西湖如一湾温柔的镜子，山边的景致，湖边的垂柳，天上的白云一一投入其中，如水般清澈，如梦般依稀。这如幻境一般的美妙抚平了苏轼心中的气闷，也就是那一刻，他才真正知道自己来对了地方。哪管朝堂如何，只愿在这样的山水里徜徉。

到了中午，湖面上会有轻摇的游船，晚间住在山顶上的苏轼一家还能听见吹箫歌唱的声音，夜间点亮的灯盏，夜市里熙熙攘攘的人群，哪怕只是静静地坐在房间里俯视下面，就已经是莫大的享受。

杭州的生活当然不仅于此，这里的夜市要到很晚才收市。苏夫人最喜欢的就是带着孩子们去逛夜市。绸缎、扇子、玩具，还有各式糖果和走马灯，各家店铺的招牌一个比一个吸引人，有的店主装成白胡子老汉笑模笑样地招揽生意，有的艺人一边唱歌一边跳舞，吸引人的眼光。孩子们笑着闹着，苏轼经常会陪着一起去逛，一家人笑语盈盈。

那时西湖景色远近闻名，公主贵妇会在西湖边的别墅里洗浴，富商们的游艇会在杭州和泉州来回往返，哪怕是站在西湖边上，也会大饱眼福，更不要提西湖边琳琅满目的美食茶点，还可大饱口福。

不止杭州城，连杭州城四周十里或者十五里之内，都是苏轼最爱游览的地方。在杭州有太多的记忆了，苏轼沿北岸可以去到灵隐寺和天竺顶，从南岸可以去到葛岭，那里的虎跑泉泡出的茶香味醉人。

一身布衣，一脸笑容，早上出去，返回家中已经是暮色昏黄，万家灯火了。

“夫君你又喝醉了。”每次苏轼回到家来，夫人总是笑盈盈说这句话。

“这是新买的点心，尝尝，配上昨日带回来的茶叶，一定很好吃。”苏轼笑着不接话，反而递上点心。这已经成为他的习惯，每次如果是自己出去游览，都会给家里人带上吃食。他很细心，夫人爱吃什么，孩子想要什么，都会尽力去找。

“孩子们今天都吃了很多了，这又带回来这么多。”夫人嗔怪他，一边却把新浣好的衣物给苏轼送来。出去了一天，此时洗个澡最舒坦。

“你一天在家辛苦，多吃些。孩子们读书也累，多吃些也无妨。”苏轼笑眯眯地说。

“你也是辛苦，同僚们的聚会虽是开心，但也要注意休息，莫太疲累。”夫人笑着劝道。

“没事没事，这次又寻了一处新地方，真是胜景无数，下次带着你们一起去。”苏轼道。

“好好好，知道你不会落下我们。那晚些我带着孩子们出门逛街，你还去吗？”夫人笑问道。

“不去了，要不孩子留在家中吧，不然你也逛得不痛快。我也顺便考校下他们的功课。”苏轼说。

“功课我已经检查过了，没问题。孩子们也拘了一天了，这次我带上他们，明日你再带他们也行。”夫人很是贤惠，家中的一应事宜都不需要苏轼操心。而苏轼的体贴也让夫人很受用。

“明日便是中秋节了，我已经雇好了游船，今晚就把孩子们留在家里吧。你出门好好逛逛，明天我们再一起带着他们去玩。”苏轼早已经把外面的一切安排好了，所以今天特意留给夫人出门逛街的时间。

听到夫君这样说，苏夫人便笑笑不再多言，收拾好一应东西，对孩子们嘱咐一番后便带着一个丫头出门了。孩子们一听明天可以游湖，个个兴奋不已，不仅不计较母亲今晚不带他们逛街，反而催促母亲早些出门，买些新鲜东西回来备着明天的吃用。他们正好提前把明天的功课完成了，腾出时间留给明天玩乐。

每年的春秋两季中有重要的节日，全杭州的人都会赶到西湖边玩乐。因为游乐的人众多，所以必要早早地雇好船。船家会提供吃食和一应茶具餐具，但是苏家的孩子们更喜欢带上自己爱吃的零食，这样更合自己心意。

夜色如酒，醇厚而沉醉。一夜好眠之后，第二日，苏家几口早早地就出门了。

一到湖畔，满是船夫与船，苏家订下的那只船很快认出了他们，船夫把船移了过来。马上吩咐船娘预备饭菜。这边苏夫人也打开了随身带的食盒，给孩子们先垫垫肚子。这类船都是住家的，一般只够住四五个人，船身雕刻精美。

碧波轻漾，船夫稍一用力，船便滑入了水中。身边经过的船有些也是住家船，有些则是专门卖吃食卖茶的船。不仅如此，有些船还专门提供表演，艺人们坐在船上，按着习俗贴近载着游客的船，歌舞、杂技、射击……人声喧闹，笑声盈满湖面。

苏轼闻到香味，便知道是自己刚点的湖鲜正由船娘在船尾煮着。湖水清澈，天气晴朗，人们的笑声阵阵传来。苏轼心头突然涌起诗情，提笔而下："船头斫鲜细缕缕，船尾炊玉香浮浮。"夫人凑过来看，笑颜间满是对丈夫的崇拜。

举目四望，湖水一碧如染，十里之遥水面清如镜。白云依偎于山峦，清歌如丝飞入天际，耳边笑语如水，身边阳光如金。杭州的点滴生活如雨水入海，自然简约，汇成苏轼失意宦途里难得的清流，幸福满满。正如有位诗人所说，"文章憎命达"，一路颠沛流离成就了苏轼文字的大成。

在杭州任上，苏轼政绩斐然。苏轼两次到杭州为官，都与西湖结下了不解之缘。

元祐四年（公元1089年），苏轼任龙图阁学士知杭州，第二次调任杭州，苏轼发现西湖长期没有疏浚，淤塞过半，“葑台平湖久芜漫，人经丰岁尚凋疏”。那时的西湖由于壅塞逐渐干涸，野草逐渐蔓延湖面，严重影响了农业生产。于是第二年，他便率众疏浚西湖。因为工程浩大，总计动用民工20余万。辛勤开除葑田，百般奔波恢复旧观。

在这一次疏浚中，苏轼在湖水最深处设计建立了三塔（今三潭印月），千百年来，成为了西湖不可分割的风景。时至今日，西湖依然，杭州街头巷尾还流传着有关苏轼的种种传说。站在杭州，想象着千年前苏轼目光掠过的山水风物，这何尝不是一种超越岁月的仰慕。

以梦为马的诗酒年华

做杭州通判之时，苏轼经历过的乐事太多太多。在那些以梦为马的诗酒年华里，他抛却凡尘，忘情于山水之间。而他的智慧与体贴，让他不可能完全忘情于红尘，更不可能沉寂于山水。他的慧根让他避免成为一名好逸恶劳的公子哥，而他的洒脱与自由又让他似顽童一般促狭，生成了多少后人津津乐道的趣事。

在杭州有一位大通禅师，不仅持法甚严，道行高深，为了清净修为，他甚至还要求所有去拜访他的人必须先自行斋戒，否则不予见面。而苏轼的顽皮就在于出乎意料，女人肯定是不能见禅师面的，但这一次他和一群人去逛庙时，却带上了一名歌妓。由于大家都知道这位高僧的忌讳，都很自觉地没有走进去，只是在寺庙外面看了看就准备离去。

但苏轼却不肯，只见他眼睛一转，“大通禅师与我相交甚厚，今天我倒要看看他怎么解我这一题！”

众人莫名其妙。

没等大家反应过来，苏轼带着那个歌妓便昂首走了进去。

“禅师，在吗？是我，苏轼。”苏轼示意歌妓不要出声。

“阿弥陀佛，施主请进。”里面传来大通禅师熟悉又亲切的声音。这位禅师对苏轼的印象很好，很是喜欢他洒脱又佛缘深厚的样子。

“吱嘎”一声，推门而进，苏轼与歌妓就这样明晃晃地走了进去。

禅师一看他后面跟了个女子，看打扮还应该是个歌妓，顿时一脸不悦。

“禅师莫要恼怒。今日是我不对。但只要您把打木鱼的木槌借给这位小娘子一用，我便马上写一首词专门向您赔罪。”苏轼马上说。

禅师也是个通透之人，马上明白了苏轼的捉弄之心。这调皮的苏轼就是拿这事来考验他的佛性。于是禅师不动声色地问：

“我若是借了，你写出来的我不满意呢？”

“任您差遣，直到您息怒为止。”苏轼笑脸迎上，夸下了海口，似乎早已经有了胜算。

禅师二话不说，便把手中的木槌推了过来。歌妓俯下身子，告一声罪，拾起了木槌。

苏轼讨要了纸墨，挥笔而就递给了歌妓，并向着她一个眨眼。

> 师唱谁家曲，宗风嗣阿谁。借君拍板与门槌，我也逢场作戏、莫相疑。
>
> 溪女方偷眼，山僧莫皱眉。却愁弥勒下生迟，不见阿婆三五、少年时。（《南歌子·师唱谁家曲》）

歌妓一身娇娇弱弱，却拿着个和尚的木槌，唱着戏台上小丑的独白。词里见佛心，不伦不类又一本正经，却自有一番逗趣认罪的意味。不到听完，大通禅师早已经是笑得前仰后合。一见禅师笑了，苏轼乐得像个恶作剧得逞的顽皮孩子，连连告罪之后带着歌妓退了出来。

一出门，众人围了上来，抢过纸一看。个个乐得合不拢嘴，苏轼还得意洋洋地宣称："细心着些，我们可是刚刚学过了密宗佛课的人！"自此苏轼的逸事又多了一桩，人人都说，这位苏大人，敢带着歌妓去见禅师，居然还没被打出来！一时之间传为笑谈。

回家之后，连夫人也笑骂："天下之大，怎么生了你这样一个促狭鬼！幸得禅师大度达观，不然早把你打出了门外，还等着你唱什么歪调子！"

苏轼的趣事还不止这一桩。有一次他在公堂上遇见了一件案子。当地的灵隐寺有一个叫了然的和尚，这个了然是个花和尚，虽然入了佛门，心思却不在修习上面。只要有一点钱，就去勾栏院寻花问柳，与红尘俗世颇有渊源。过了没多久，这个了然迷上了一个叫秀奴的妓女。为了见秀奴，了然把自己那点钱财全花光了。钱财没了，秀奴也就不理他了。可惜了然和尚心里难受，想秀奴却见不到。但又找不到钱去见她，没办法只能借酒浇愁。一天夜里实在没忍住，了然借着酒劲冲去找秀奴。谁知道秀奴还是不见他，一气之下，这和尚冲了进去，一时错手就把秀奴给杀了。

到了堂前，捉他的衙役在他挣扎时将其衣袖子扯破了，露出了他胳膊上的对联："但愿同生极乐国，免如今世苦相思。"

苏轼一看，哭笑不得。这位苏大人也是好雅兴，判决时就用这个联为引子，把整个判决词写成了一个小调；这也就算了，重点是，和尚押赴刑场斩首示众时，判决词是要当众念出来的。所以当官吏把这判决词念出来时，轰然惊动全场。历史上可从没听过这样的判决词：

> 这个秃奴，修行忒煞。云山顶空持戒。一从迷恋玉楼人，鹑衣百结浑无奈。
>
> 毒手伤心，花容粉碎。色空空色今安在。臂间刺道苦相思，这回还了相思债。（《踏莎行》）

出了刑场，这首小调便传扬了开来，杭州人对这个天才怪诗人更是推崇喜爱无可复加。

世间多的是高雅的诗人，苏轼却是其中的例外。他不拒绝红颜，却从不乱来；他不拒绝佛理，却不生枯寂；他不拒绝官场，却仁心仍在；重要的是，他从不拒绝人生，不论遇到什么样的境遇，依然达观而妙趣横生。

苏轼遇到歌妓酒筵，从来都是欣然赴约，乐在其中。每到宴上，歌妓必然向他求文，他也从来都是才思敏捷，顺手提于披肩或者纨扇之上：

> 多情多感仍多病，多景楼中。尊酒相逢。乐事回头一笑空。
>
> 停杯且听琵琶语，细捻轻拢。醉脸春融。斜照江天一抹红。（《采桑子·润州多景楼与孙巨源相遇》）

在苏轼的词里，“春汗，乱发，暖玉，女儿心，柳腰，罗幕，纤纤”等这些用滥了的词语从不会出现。苏轼的词让宋词脱出了那股子伤感颓靡的调子，因为他的词，无数歌妓万般仰慕于他。但是他却从未金屋藏娇，只有一个才女琴操听了苏轼的规劝之后，断然花光积蓄为自己赎了身。赎身之后又削发为尼，再不沾染俗世。还有一位后来成了他的妾，也就是朝云。但此时的朝云年岁还小，所以暂按下不表。

按说苏轼如此的风流潇洒，如果遇上一位不懂他的妻子，那必然是家庭风波从生不断。但幸运的是，妻子一直都理解他。此时妻子王闰之已经生了两个孩子，不过二十几岁的她，却很是明白丈夫的胸襟。要知道在那个时候，但凡有一些官职的男人，家里都是三妻四妾。苏夫人是进士之女，能读能写，官场之事她心中也知道一二。她喜欢丈夫这样活在当下的状态，所以从不去计较与在意丈夫与歌妓之间的交集。

这个聪慧的女人，懂得透过他的诗洞悉他心中所想。苏轼诗中的佛心，词中的淡淡倦意，她都能细品一二，她明白，在这样看似洒脱的日子里，丈夫只不过是在调整自己，这个拥有远大志向的男人，只能在这样的失意生活里独自疗伤。外人见，一切都是圆满与热闹，知心人一见，皆是落寞与惆怅。

苏轼第一次到杭州任职的时间是熙宁四年（公元1071年）至熙宁七年（公元1074年），来杭州时苏轼三十六岁，在杭州三年，大致相当于现在的副市长。杭州不是一地金光，苏轼也不可能整日游览唱歌玩闹，凌厉的现实一直隐在平静的生活之下。狱中有一万七千个欠债和私贩官盐的犯人等着宣判，有蝗灾要治理，有航道要疏通，有饥荒要调查。苏轼离开京师来这儿，心里挂着创痛。

他对政事的发展倾向暗感恐惧和悲哀，但展现给世人的多是欢颜。醉笑陪君三万场，不诉离伤。现实与豁达两相撕扯着苏轼，伤口几乎自愈，又再次被凌厉的现实鞭挞，苏轼在这样的心路历程里，逐渐成为我们心中所熟知的那位诗人。

第五章
功与过，被掏空的满腔豪情

密州上任大显身手

苏东坡离京在外，一身才情令他得到了杭州人民的万分敬慕，但这一身才情却无法在朝堂上施展。王安石当政的时代他得不到重用，虽然后来王安石倒台，可那些赏识他的重臣们早已经纷飞于天涯，在朝的那些官吏为了各自的利益，或多或少继承了王安石排除异已的遗毒。更何况，在人才凋零的官场里，小人众多，哪里还有人愿意给如此耿直的苏轼留有发展的机会？而且，苏轼越有才华，对这些庸吏们的威胁也就越大。

官场上的坎坷与残酷让他饱受痛苦，而他受到的伤害比别人更深一层，因为见得越多，他身为诗人的敏感心灵受到的苦痛也就越多。别人眼里常见的那些事情，在他眼里都是难以接受的现实。百姓受苦，国家无望，这些都是他无力改变又无法视而不见的现实。

当时王安石正如日中天。欧阳修已经去世，他再也不用看这新政后死一般寂静的朝堂；司马光潜心写书，一生抱负皆予后人评说；张方平沉迷酒杯，醉眼看世间，魑魅魍魉无数；苏辙明哲保身，默然无声。苏轼不够狡猾，学不会视而不见，只能亲眼见到百姓受苦，因此，在他的诗中除了田园美景，他还不断写出乡村苦难的一面。他知道自己的诗篇会远达京师，甚至会给他带来祸患，但是他不在乎。

熙宁七年（公元1074年），苏轼杭州任满，当时弟弟苏辙正在山东省济州（现在的济南）任职，为了兄弟团聚，苏轼自请调到该省，朝廷批准后把他派往青岛附近的密州担任太守。离开杭州的这一年，妻子买了一个丫环，叫朝云，聪明伶俐，大大地减轻了她的负担。这一次去密州，苏轼便是带着朝云一起过去的。苏轼与杭州南北寺庙的僧友告别后，就携家眷北上去往密州。

熙宁四年（公元1071年）到熙宁九年（公元1076年），这个时间段内苏轼的诗歌最为高产：

百年三万日，老病常居半。
其间迭忧乐，歌笑杂悲叹。
颠倒不自知，直为神所玩。
须臾便堪笑，万事风雨散。
自从识此理，久谢少年伴。
（《乔太博见和复次韵答之》节选）

这写出了他在杭州和密州的心境，而在为官方面，他写给孔文仲的诗正好可以表达出他的看法：

我本麋鹿性，谅非伏辕姿。
君如汗血马，作驹已权奇。
齐驱大道中，并带銮镳驰。
闻声自决骤，那复受絷维。
谓君朝发燕，秣楚日未欹。

云何中道止，连蹇驴骡随。
金鞍冒翠锦，玉勒垂青丝。
旁观信美矣，自揣良厌之。
均为人所劳，何必陋盐辎。
君看立仗马，不敢鸣且窥。
调习困鞭箠，仅存骨与皮。
人生各有志，此论我久持。
他人闻定笑，聊与吾子期。
（《次韵孔文仲推官见赠》节选）

杭州不可能永远如花似锦，而密州也不可能日日欢歌。当时的苏轼虽然被贬谪，但是杭州的生活至少滋养了他。杭州山水美好，物产丰饶，孕育了苏轼的诗性，促使他写出那么多好诗。但一到密州，真正的辛苦开始了，因为这是一个非常贫困的地方。这里土壤贫瘠，百姓生活更是穷困。在杭州时苏轼只是一个判官，可生活还算自在。到了密州，苏轼升职了，成为一名太守，却反而清贫了。再加上此时新政之下经济崩溃，在朝官员薪俸锐减，更是雪上加霜。

苏轼自己的生活虽苦，但心里更担心百姓。

拖着一大家子人，又没有其他经济来源，苏轼穷的时候甚至只能以杞菊充饥。在《后杞菊赋》的序言中，他写道：“而予仕官十有九年，家日益贫，衣食之奉殆不如昔者。及移守胶西，意且一饱，而斋厨索然，不堪其忧，日与通守刘君延式循古城废圃，求杞菊食之。扪腹而笑。”

幸好夫人持家有道，不至于冻饿。要知道在王安石辞官之后，吕惠卿得势，他所设计的新法税让整个密州苦不堪言。一日，苏轼拿着家里的首饰出去典当，他准备去换一点米回来给孩子们改善一下伙食。这也是苏夫人的想法，首饰不能吃又不能用，此时能当一些钱来给孩子们改善伙食养也是好的。

苏轼一路向外走，看见很多孩子被扔在了路边，大声号哭却没有人来管。有些孩子病弱不堪，甚至奄奄一息了。苏轼十分忧心，并想了解其中缘由。

“这位老先生，请问这是什么情况？”苏轼拉住一个在街边摆小摊的老先生问道。

“什么情况，造孽啊，这些都是被他们父母扔掉的小孩。”老先生也是一脸疲倦。

“再如何这也是亲生的孩子，怎么可以直接丢下不管呢！”苏轼大怒。

“就是因为亲生，所以只能丢下。万一哪个好心人看见，家里有儿口余粮也许就把这孩子养活了。如果我猜得没错，这些孩子的父母，也许现在有些已经饿死了。”老先生黝黑的脸上满是伤感，不觉间老泪纵横。

“怎么会这样……这些孩子为什么这么多？”苏轼有些语无伦次了。

“新政一出来，逼得这些人家已经走投无路了。与其把孩子抱在家里和自己一起等死，不如丢在大街上，也许还能活下去。只是，人人都走投无路，谁还有余粮来收养其他人家的孩子？真是造孽啊。”老先生说到这，又是一声叹息。

苏轼谢过了老先生，一路上若有所思。哪位做父母的会忍心丢下自己的孩子呢？若非到了万不得已的地步，谁又割舍得下自己的亲生骨肉？到了当铺后，当铺的伙计迎了上来，苏轼也没有多说话，默默把首饰递了上去。

“大人，真是不好意思，我们当铺最近周转也不灵。这样的钗子要放在平时，我们会给您个好价格。现在，只能给这么些了，您要觉得少，就别当了。世道太难了，什么都贱价了。”当铺的小伙计很诚恳地和苏轼说了这番话。

“当吧，当吧，现在行情是这样。不止你们一家，我知道这是此一时彼一时，这样的世道，活着都不容易。”苏轼很理解，没有多说。

“您是明白人，现在的年月哪里还有人来买这些钗子，有一点钱全用来买米买粮了。这一个月，我们这里赎当的越来越少，再这么下去，只见出钱不见进钱，我们掌柜的也会把店门一关，实在赔不起了。”伙计不由得多说了几句，坐在堂前的掌柜模样的人，默然点了点头，一闪身，回到后头去了。

苏轼从当铺里出来，先去了粮店里，把换来的钱全部换了米面粮食。接下来，他开始沿着街去救济那些饥饿孤苦的孩子们。一边救，一边哭，堂堂七尺男儿，空有满腹诗书，此时却只能在自己任上的街道里拾孩子回来救。这一腔热血，这过人的才学，有什么意义，有什么趣味，眼看着百姓如此受难，自己却无能为力！这让他感到十分心痛。

明知道改变不了现实，苏轼依然含泪来拯救这些孩子，他做了自己能做的，可他能接济这些孩子一天，却接济不了他们一世。

“洒泪循城拾弃孩”，如万箭钻心，痛不可当。他想起了昔日朝堂上自己与王安石的争锋相对，他想起了自己曾经仰慕的一众师友同僚被一个个流放，罢免杀头，那些痛，那些失去，凝成了一把尖刀，刀尖直指他的心脏，质问他：“你有什么资格为民请命？枉读那么多圣贤书，却未能拯救深陷苦难的百姓！”

苏夫人正巧在院子里收拾，一打开门，见到的便是这样的场景。丈夫手里抱着两个面黄肌瘦的孩子。后面跟着大的小的一长串孩子，个个饿到手脚虚浮。苏夫人马上大声喊来家人。朝云最先听见声音冲了出来，两人一起把院门打开。

只听苏夫人说：“快进来，快进来，刚刚粮店的人已经把粮食送来了。我已经听送粮的伙计说了，早早就把米淘好了，现在第一锅粥应该快好了。赶紧进来，别耽搁了。”

家人齐心协力把家里的锅碗瓢盆都搬了出来，刚煮好的粥还滚烫，孩子们却迫不及待地开始喝，一边喝一边烫得又哭了起来。

“粮店的伙计说了，他们掌柜的知道你在外救济孩子的事情，特意多送了些粮食过来，他也只能做到如此了，就当尽些心力吧。”苏夫人手里抱着个年纪小些的孩子，喂他喝粥，并向苏轼告知这一切。

“谢谢他，真是谢谢他了。夫人可否有帮我感谢他？”苏轼情绪终于平复下来了，轻声问着妻子。

“谢了，肯定谢了。那伙计一听见我谢，走得飞快，只说是他们掌柜的心善，万万不愿听我们说谢字。反而说谢谢我们，肯出手救这么多孩子。”苏夫人顿了一下，又说：“那位当铺的掌柜好像知道你救孩子的事之后，也跟着去了粮店。就在你回来之前，粮店又送了些米粮过来，说是当铺的掌柜把短你的钱折成了粮食送了过来。”苏夫人解释道。

“唉，他哪里有短我的钱。不过是世道艰难，那些东西都当不了什么钱了。他应该是按原先的高价补了钱折成米给我们送了过来。好人哪，可惜我也只能熬些粥，没能力做更多了。”苏轼眼睛里又开始湿润了。

在密州的日子，是苏轼最为沮丧失落的时光，那些痛苦的记忆深深地印在了他的心底，而后又通过诗文的形式宣泄出来。由杭州往密州的途中，苏轼曾有一首《沁园春》写给苏辙，从这首词中，还可看出到密州之前，苏轼有很大的政治抱负。

孤馆灯青，野店鸡号，旅枕梦残。渐月华收练，晨霜耿耿；云山摛锦，朝露漙漙。世路无穷，劳生有限，似此区区长鲜欢。微吟罢，凭征鞍无语，往事千端。

当时共客长安，似二陆初来俱少年。有笔头千字，胸中万卷；致君尧舜，此事何难。用舍由时，行藏在我，袖手何妨闲处看。身长健，但优游卒岁，且斗尊前。（《沁园春·孤馆灯青》）

而在密州经历的那些沉痛与心酸，却炼化为他满心的痛楚。思念师友兄弟，一心抱负化为满腔愤懑。当这种愤懑变成了失望，他终于明白自己此生可能再也无法一展抱负了。但生活还在继续，不是每一个失去希望的人都能轻易拒绝继续生活，此时的苏轼在连番的打压下已经开始学会了自我开解，看着密州百姓的苦楚与悲伤，他内心灼痛却无能为力。这种无能为力最终沉淀成一种达观。

他的作品日臻成熟，阅历的增长让他曾经的那些愤怒都释然了。此刻的苏轼，内心将人生看得更为通透。最初他只是欣赏自然中的美景，品味着山水中的快乐。但现在，他却看见了山水中的醇美与宁静，这与他在杭州时期的感受完全不同。从前的他爱看庄子，现在的他却愈来愈仰慕陶渊明，写诗写文也越来越随性洒脱。

熙宁九年（公元1076年）中秋，苏轼醉后抒情，怀念兄弟，写下了千古绝唱《水调歌头》。

> 明月几时有？把酒问青天。不知天上宫阙，今夕是何年。我欲乘风归去，又恐琼楼玉宇，高处不胜寒。起舞弄清影，何似在人间！
>
> 转朱阁，低绮户，照无眠。不应有恨，何事长向别时圆？人有悲欢离合，月有阴晴圆缺，此事古难全。但愿人长久，千里共婵娟。（《水调歌头·明月几时有》）

“丙辰中秋，欢饮达旦，大醉，作此篇。兼怀子由。”淋漓的墨色似乎还在纸上，被贬外任的孤独情怀，古今变迁，感慨宇宙流转间岁月忽已老。官场风波不断，却只有明月永远在天，皓月当空、美人千里、孤高旷远。非遗世之人，却只能选择遗世。

月光如水，照着华丽的楼阁、门窗明暗幽然，里面的那位是否也在思念自己。难以成眠的夜晚，心里所思所想又有几人知？苏轼在密州，时而感慨人世艰难，时而怀想当年师友，时而追寻田园生活，时而愤怒到难以自持。报国无门的苦，加上触眼所见的百姓之苦，高妙的哲思与人生千古的佛学眼光，让苏轼的心灵再次提升到新的境界。

在密州，他官声尤佳，爱民护民，他是百姓眼里的好官，却是朝廷小人群臣眼里所忌惮之人。密州任上，他修葺重建民房，捐资引导农民生产，商人复市。那几十个拾救回来的孩子，后来被他一一送了回家。“革新除弊，因法便民，颇有政绩”，这是史书上对苏轼的评价，寥寥数字的背后是一个个沉重的事实。

熙宁七年（公元1074年）秋，苏轼被调往密州（山东诸城）任知州，治蝗灾，抗旱灾，灭盗贼，救弃婴。世道虽乱，幸得有此父母官。密州之幸，在于拥有了这样一位太守。而太守之幸，在于密州点化了诗人年轻时的散漫与任性，一一化作为国为民的一腔热血。

苦乐参半人生滋味

一个人要成熟，必然要经历诸多事情。历尽人生坎坷的苏轼越发将命运看得通透，他开始拼尽全力做事，兴建工程，忙于公众活动。过去在杭州，他只能作为辅助的角色，在密州，他有更多机会可以独立做事了。

熙宁九年（公元1076年）年底，苏轼接到诏书，调他到山西省西南的河中府（今山西永济县）任职。苏轼依依不舍地告别了“二年饮泉水，鱼鸟亦相亲”的密州，带着家眷回京述职。

这一次的旅途他要经过济南入京，这样一来，他就可以和身在济南的弟弟苏辙一家见面了。

当时的朝廷里，政局正在慢慢发生变化，最先得势的王安石此时早已经成了过往云烟，而后来的吕惠卿、邓绾也开始逐渐失势，人人都不知道朝堂局势将如何发展。

苏轼很高兴自己终于可以见到自己的弟弟。毕竟早在他启程之前，两兄弟就已经通过信了。但没想到的是，苏辙这一次没有等到兄长前来，自己先行一步去了京师，并派人传信给苏轼，邀他先至自己济南家中好好休息。

“弟弟那么着急去京师是做什么呢？”妻子问道。

“他说要带着这几年自己的心血，带着那一封论证得失、改革政治的重要表章先去京师面圣。”苏轼回答到。一路上风餐露宿，此刻他正摩挲着孩子的头发，安抚孩子睡觉。在苏轼的心里，自己才是最倔强不知看人眼色的人，这么多年以来他一直被贬谪在外，仍不断上书给陛下，论税政、论征兵法，不断请求皇帝废止现行征税法。

当然，这些上书无一例外都没能得到回复。而自己的弟弟苏辙通常都是沉默不语，从来不发表任何的政见。所以对于弟弟这破天荒的举动，苏轼是万万没想到的。

“也许弟弟是见王安石真正倒台了，觉得时机已到，所以才如此急切地赶去京师，想要把那些遗毒清理干净吧。”苏轼又接着说了一句。

“这样的大雪风，弟弟一个人赶去京师，想来一路上辛苦尤甚啊。”妻子慢慢把油灯挑亮，她正在为孩子缝衣服。

“嗯，弟媳妇带着孩子都在济南等着我们呢。和他们汇合休整之后，再去京师，想来弟弟那时早已经在京师安顿好，正好就接了我们。”苏轼笑了笑，回答道。

苏轼和妻子做好了打算之后，很快就启程去了济南，彼时已是寒冬，一路上风雪相送，到了济南时三个侄子站在城中雪地里迎接苏轼一家。

亲人相见分外激动，三个几年未见的侄子，个个长得精神，齐齐整整地站在雪地里，见了苏轼便大声问候叩拜。苏轼的孩子也纷纷从车里跑下来，雪地里顿时一片热闹。

当天晚上，大开宴席，两家久别重逢，说不完的话，叙不完的旧。孩子们再次见面，一个个比大人还激动，悄悄话说得挤作了一堆。

苏轼特别开心，专门带着孩子们去游览了济南。从密州那样一座偏僻的小城，到济南这样的大城市，不仅新鲜，更是处处有趣。济南的大明湖“四面荷花三面柳，一城山色半城湖”。济南还拥有美丽的七十二名泉，尤以趵突泉最为有名，现在正是冬天，趵突泉上有一层蒙蒙的雾气，像一朵软软轻轻的白云笼罩在泉水上，如仙境一般梦幻。

济南满城都是泉水声，户户有泉水流过，温润得像一处梦里水乡。观泉赏鱼，品茶山石，步移景异，即使是在大冬天，这里依然是一座温润的老城。

苏轼带着家人在济南停了约一个月时光，到熙宁十年二月十日才启程去京师汴梁，也就是开封。

苏辙早早地接到了信，他出城到离北岸三十里处迎接。两兄弟在雪地里有说有笑，向着城门口一路前行。

“哥哥，这次你本是改派到河中府任命，但命令已经改了，会把你派到徐州去当太守。”苏辙告诉了苏轼这个最新的消息。

苏轼倒是很惊讶，不知道朝廷为何突然改了自己的任职地。但他也没有多想，对他来说，去哪里都是被贬谪，无需在意太多。三十里路说长也长，说短也短，两人终于来到城门口，苏轼几乎泪奔。

多年前，自己还是一介少年郎，一身布衣，身边是父亲与弟弟。三人同行，一起到京师来应考，这道城门，和记忆中一般巍峨高耸，一般庄严肃穆。

那时的自己多么年轻，而此时自己已然早生华发，身后再也没有父亲的身影，岁月无情，只有这城墙依然高耸，卫兵换了多少面孔，坐在那宫城中的人，也变换了脸孔。

苏轼一声轻叹，向前一步，到城墙门处要求进城。

没想到城门门吏却不让他进去：“对不起大人，早几日便得到不许您进城的文书，您请回去吧。”

苏轼大惊，苏辙走上前来，细细盘向。原来真的有不许苏轼进城的明文规定。“请问这文书是何人所出，有何缘由不允许我哥哥进城？”苏辙十分愤怒。

“对不起大人，我一概不知，如果您要进去，请吧。但这位大人要进去，却是不行的。”门吏轻描淡写地回应道。

“岂有此理！”苏辙还想争，苏轼却轻轻拉了拉他。这一次沉不住气的反而是苏辙了。

“无事无事，那我便回去了。”

苏轼没有说什么，折回之后住到了好友范缜在东外城的家里。

直到今天，人们也依然不解，那天为何有人不允许苏轼进城述职。唯一的解释应该是只手遮天的某位权臣，忌惮苏轼的无敌辩论能力，暗中动了手脚。如此一来，省却了许多面对面的功夫，又安抚了很多小人庸吏的心。

正如苏轼的弟弟苏辙所说，苏轼其人，见善称之，如恐不及；见不善斥之，如恐不尽；见义勇于敢为，而不顾其害。用此数困于世，然终不以为恨。

一个人见善思齐，生怕晚了；见不善就当面怒斥，生怕没有说得透；见义勇为，不顾利害关系，哪怕一生为这性格所累，也不以为憾。这是一种清醒自知，也是一种傻瓜般的坚持。可苏轼若没有这样傻瓜般的坚持，又何来“大江东去浪淘尽”的恣意酣畅？若没有这般的奋不顾身，他也就不是后世人仰之慕之思之念之的苏轼了。

奔流不息的徐州河

对于苏轼来说，这一趟的京师之行让他心里更为失落。时光如水，这里似乎已经不再像十几年前的京师了，纵然景物依旧，却早已物是人非了。

此时苏轼还有一件大事要筹办，所以心中哪怕再失落，也并没显露出来。

此时苏轼的长子苏迈，已经十八岁了。在古代，这个年纪的男子应该成家了。可因为长期跟着父亲苏轼待在偏僻的密州，苏迈并没有遇到合心意的姑娘。但这一次，缘分却来了。

苏迈遇上了范缜家的姑娘。两家人都没有想到，缘分居然以这样的方式出现了。自从苏迈与范缜家的女儿定亲之后，苏轼也释然了许多，因仕途不顺的失意也就显得不那么重要了。世间繁杂万象，如果一一计较伤心，那便无法度日了。

“夫人，这次我们虽然是客家，但毕竟是苏家娶亲，务必郑重其事，不可敷衍。范家与我们相交甚厚，姑娘贤良聪慧，万不能怠慢了。”苏轼每天忙着准备儿子的婚礼，还特意和夫人商量，再三强调不可疏忽了事。

“知道，虽然这次带过来的东西多，但是适合结婚的并不多，好多东西都要现买。这些事情就需要夫君多操心了。”苏夫人有条不紊地列着礼单，大儿子苏迈就要娶妻成家了，她心里高兴得很。虽然苏迈并非她亲生，但是苏迈的生母是她的姐姐，两人自小感情就好，后来姐姐早逝，她嫁进来。对于这个小小年纪就失了母亲的苏迈更是有心偏爱。自她生了两个孩子之后，更是让两个孩子事事以苏迈为榜样，要求他们事事跟着哥哥走，听哥哥的话。所以苏家的孩子们感情很深厚，这一次操办哥哥的婚礼，这些孩子们更是比新郎还兴奋。

更兴奋的是苏辙家的几个孩子，他们个个喜上眉梢，大早就听了父母的话过来帮忙，买办跑腿样样都不需要大人招呼。一窝蜂就去办了，因为当时苏家人是借宿在范家，所以为了婚事又临时借租了一处房子，打扫得干干净净，处处见着喜气。

婚礼的那天很快就到了，只见在娶亲的行列前头，请的是京师最有名的乐队。两面鼓上飘着长长的绸条，上面挂着用贝壳和珠子做的装饰。笛子在阳光下显得格外闪耀，喜乐声响震天，后面跟着一众骑马的人，拉着的马车上堆叠着大红色的聘礼。

一路喜乐喧嚣，大街上看热闹的人都聚集了过来，苏家租的房子离范家并不远，很快便到了。

迎亲场面喜气洋洋，苏轼和夫人满怀欣喜地待在自家租的地方，等着儿子苏迈迎娶新娘子。

新租的房子刷着还未干的糨糊，处处大红喜字，这样费心张罗，却还是能看出房子原有的简朴。范家愿意把女儿嫁给苏家，何尝不是看重苏家的家风。范缜舍弃高官之子，不看厚重彩礼，只想给女儿找一个最温暖的家庭。苏迈家教严谨，行事周正，苏轼、苏夫人两位又是正直善良之人，再加上范家与苏家都是四川人，两家联姻最好不过。

苏迈娶亲之后，夫妻感情极好，恩爱有加。之后的两年里，苏轼还帮着弟弟苏辙物色了两位佳婿，将他的两个女儿都嫁了出去。一位嫁给了王适的弟弟，一位嫁给了画竹名家文与可的儿子。

苏迈成亲之后，苏轼带着全家出发去徐州上任。弟弟子由此次也要去南京（今河南商丘）任通判，两兄弟为这件事决定再调整一次行程。

“哥，此次过去之后，我俩不知还有没有机会见面，不如我先把家里人放到张方平大人家安置，我再与哥哥一起去徐州团聚一段时间吧。”苏辙这些年境遇并不好，家中子女多，俸禄微薄，再加上仕途的失意，让这个沉稳的少年蜕变成一位寡言的中年男人。他的报国热情依旧，但却永远得不到回馈与应答。

“好，就按你说的办。但我们这次又要烦扰张方平大人了。”苏轼说道。

“无妨，张方平大人历来喜欢热闹，人一多，他更开怀些。”苏辙马上说。

“也是，那就多备些礼品。张夫人喜欢京师这边的糕点，我们这次可以多带些，尽量挑选那些能长期保存的吧。”苏轼说。

“好的，放心吧。”苏辙只有在和哥哥在一起的时候才见得些少年时的朝气。

两人商定之后，安顿好家人向着徐州而去。

熙宁四年（公元1071年）至熙宁七年（公元1074年），苏轼被派往杭州任通判，熙宁七年秋调往密州（山东诸城）任知州，熙宁十年（公元1077年）四月至徐州任知州。自被迫出走京师之后，苏轼便一直在路上颠沛，舟车劳顿，辗转半生。在徐任职虽只两年，但他带领治下百姓抗洪、冶铁、挖煤炭、造兵器、劝农桑、修水利、建黄楼、兴旅游，留下了330多篇诗词文章。后世陆游说："公不以一身祸福，易其忧国之心，千载之下，生气凛然。"

治理有方，盛名远播

徐州是一座人口密集的大城市，地势险要，自古以来都是兵家必争之地，也因此有着巨大的隐患，因为只要时局一乱，最先受伤的就是徐州的平民百姓。

人人都知道只要控制了徐州，便控制了山东南部的整个山区。因为这个原因，每逢乱世逆流，徐州附近就会有战役发生。水泊梁山好汉的故事就发生在这附近。

徐州是一座临河的城市，南面高山峻岭环绕，河宽水急一路流泻，绕过徐州城区之后流向下游。这里矿产非富，宋朝时采拙铁矿煤矿就已经是支柱行业了。可惜徐州各朝各代以来战事频繁，虽然矿产丰富，可百姓并不富裕。也是出于同样的原因，这里的刀剑很有名。

苏轼和苏辙一来，看到这里天然风光优美，鱼蟹肥美，心中十分欢喜。

“这可以算得上是小住胜地了。”一下车，苏轼便说。

只是这样的感慨并未持续多久，目送着弟弟回去之后不久，苏轼便遭遇了徐州的洪水。

此时已经是熙宁十年（公元1077年），苏轼调查洪水源头，直赴现场，召来官吏问情况。“为何此处会遭遇如此大的洪水？”

“大人，王安石曾经想在这里疏通黄河，但是花了五百万缗之后却毫无效果。后来查出责任之后，主工程师畏罪自杀，此事便不了了之。再加上徐州这一次遭遇的是数年以来最大的一次洪水，现在黄河在徐州以北五十里处的曹村已经决口，水势已经泛滥到梁山泊，南清河整个溢满了水，水位已经淹没了民房，水势蔓延甚险。奔腾而来的大水汇聚到了徐州城下，虽然现在万幸被南面的高山挡住了。但眼看着水位高涨，情势不妙。九月时水位就达到了二十八九尺，现在的情况是，如果不能及时排水，徐州城马上就会倒坍了！大人救命如救火啊，徐州百姓的性命危在旦夕！”被唤来的官吏一身泥水，神情狼狈。他便是这徐州人，如果徐州城倒坍，他也就家破人亡了。

“全体衙役昼夜不休，全部投到洪水前线来。”这官吏就住在城墙顶的小棚子里，为了维护住城墙这最后的屏障，几十天不曾回家过夜。

那时徐州城里有钱的人家纷纷外出避水，个个都闹着要兵士开门，他们要出徐州城逃难。

苏轼见此大怒：“你们一旦出城，城里的百姓必将人心惶惶。我没走，你们一个也不要走。有我在，徐州城终将平安！”苏轼吩咐兵士把这些富户们又赶了回去。

肆虐的洪水像奔涌的巨兽，夹杂着折断的树枝和石块从山谷中奔泻而下，沿路所过之处一片汪洋。

洪水像巨大无情的猛兽，不断击打着脆弱的城墙。滔天的洪水之下，平日里看来雄伟无比的城墙此刻像是蛋壳一样不堪一击，似乎随时会被冲垮。洪水轰隆隆的声音，拍打着城墙，也拍打着每一个徐州人的心脏。

洪水眼看就要超过东南外墙了，苏轼指挥工人们把墙基加厚，把城墙加高。如果想要把水挡住，保住徐州城，那么就要建立起牢固的挡水防御工事。要建的挡水防御工事长九十四丈，高十丈，宽两丈。

为了完成这个工事，苏轼不顾危险，一脚泥一脚水，深一脚浅一脚地趟水到了武卫营。

他一身泥水，满脸狼狈，脸上全是数日未睡的憔悴，眼珠里布满了红血丝。他趟着半米深的泥水走到武卫营，唤来了卒长，希望能得到他们的帮助完成工事。

从规制上来说，武卫营属禁军，由皇帝直接管理，不归地方官员调遣。

苏轼顾不上擦掉身上的尘埃与数十日来的疲累，找到卒长之后说："眼看着黄河水马上就要冲毁徐州城了，万分紧急，实在万不得已，虽然你们是禁军，也请你们全力相助，以救徐州这数万百姓。苏某先在此谢过。"

卒长一介武夫，一听完一口答应，拍着胸脯说："作为太守您尚不顾危险全力救灾，我等小人更是义不容辞。有任何吩咐，请您示下。"

苏轼再不客气，这时也不是讲客气讲虚礼的时候。"多谢，您带领手下去那边加固堤坝便可。"

卒长二话不说，召集了他手下的几千名士兵，顶着风雨，这几千名士兵拿着畚箕和铁锹就奔了出去。苏轼眼睛都红了，这才是大宋子民！

为了引退洪水，苏轼夜以继日地在前线，不顾自身安危参与防堵工程的数字计算，在盘旋滚转的洪水即将冲破东南外城墙之前，他终于带领士兵修筑好了东南的长堤。

这一步至关重要，要知道此时北方的工事已做好，只要把洪水引入黄河故道就可解这一次洪水。众人齐心协力再加上拼命赶工，他们终于做到了。

在洪水围城四十五天之后，十月初五，黄河再次回到了旧水道。奔腾的巨兽被制服了，它喘息着，怒吼着，不甘心地卷着断石残枝，一路向东肆虐，最后在靠近海州处入海。

安然渡过这次洪灾，徐州百姓万民欢腾，把苏轼视作再生父母。

虽然渡过了这次洪灾，但是苏轼却很明白，这临时建筑的堤坝还难以应付日后可能发生的洪灾。毕竟在史书中，黄河就改道过多次，每一次改道都造成洪灾，使百姓受苦。

洪灾过后，苏轼没给自己一丝喘息的时间，他立马附以数字，上表朝廷，要求朝廷兴建石墙。上表之后，苏轼在徐州城里空等许久，却没能等来朝廷的半句回应。

百般思量之下，苏轼只能再次更改奏折，在这次的奏折里，他把需要修建的石墙改成了木墙，并且再次计算了需要的材料和人工。这一次上表之后他终于等到了回应，朝廷应允了木头城墙的加固计划。随后皇帝的嘉奖公文也下来了，里面对苏轼的政绩进行了重点表彰。

次年二月，苏轼得到了朝廷拨发的三万贯，一千八百石米粮，以及七千二百个工人。与此同时，批复的木头城墙公文也一并到达。

钱一到，木头一到，工人一到，苏轼把自己的心思全部放在了这座木头城墙的建筑上。他夙兴夜寐、日夜辛劳，天天扎根在工事里，极少回家，连吃食都是家里送过去的。最终这座十丈高的楼台拔地而起，苏轼为其取名为“黄楼”。也因为这个楼，苏轼在徐州写的所有诗都集结成册，取名为《黄楼集》。

那一日苏轼兴致勃勃，整个徐州的百姓都聚集到了黄楼之下。黄楼落成之后举办了热闹的庆祝仪式。

爆竹齐鸣，烈焰飞腾，万民欢腾，庆祝黄楼的落成。要知道能遇到苏轼这样的父母官，是多么幸福的事情。哪怕官场中人说再多苏轼的坏话，但在百姓心里，苏轼是一个真正为国为民的好官。

唢呐声震天，锣鼓的韵律也变得昂扬。孩子的欢笑声与大人的谈笑声，人山人海的欢聚是庆祝劫后重生，也是对黄楼建成的欢欣。苏轼把此楼起名为黄楼，正是取金木水火土五行之义，土为黄色，水来土掩。用土来掩水消洪灾，这正是苏轼与全徐州人的期望。东门上黄楼耸立，高达十丈，下面是五丈高的旗杆。在设计时，苏轼把黄楼的楼台建成了宽塔的形式。上楼之后，有一个窗户，眼睛从窗口望出去，可以见到远处的小小渔村，还有高耸的岩峰下的五六所庙宇，从黄楼的南面向前看可以看见隆起的台地。

这次黄楼的庆祝活动也被苏轼写进了诗里，并且专门把这一件事刻在了石碑之上。“愿以此碑提醒后世人，警惕水患，切记为民护民。”

苏轼以太守的身份，在鞭炮声中亲手揭开石碑上的红布。之后，这块碑将放在黄楼基石处，供千秋铭记。后来苏轼再次遭到放逐，有关他的一切碑文都被朝廷下令拆毁，不得留下丝毫痕迹。但那条禁令下来之时，当时的徐州太守很聪明低调地处理了这件事，只是把这块黄楼碑看似随意地要兵卒丢进了不远处的一条荒废壕沟里。

时光荏苒，十年后大家几乎都忘记了这条禁令，苏轼的名声反而越来越盛，朝廷里都有大官开始收集苏轼的文稿。在任的另一位徐州太守无意间知道壕沟的事情之后，私下里秘密找出了这块碑，极其隐秘地安排人赶制了几千份的拓本。拿到了这一堆拓本后，他看着这几千份的拓本，故意装作大吃一惊的样子："哎呀，我居然差点忘记了，苏碑的拆毁令还有效，来人，快来把这块碑拆了！"

下面的人不敢多问，马上把石碑毁了。有趣的是，天下人知道石碑拆毁后，这几千份的拓本已经是绝唱了。于是拓本的价值水涨船高，这位聪明又低调的太守狠狠赚了一笔。

经过水灾一事，苏轼在徐州赢得了民心，更赢得了天下人的尊敬。

"苏太守，真乃我们的父母官呐。"经常有老妇人向太守府送吃食，有些是家里枣树上收来的金丝小枣，有些是村妇家中养的鸡鸭下的鸡蛋鸭蛋。

"苏大人，这是父母命我带来的好酒。家父酿酒的手艺传自我的祖上，大人尝尝吧。"像这样的来客，苏轼最是欢喜。他生性好酒，想不到这次能得到这样的好酒。不过苏轼有一个原则，任何物品，他都会一一结钱。虽然百姓们都不愿意收，但是如果不收，苏轼便让衙役们跟着百姓们到家里，直接把钱送到他们桌上才算完。

几次之后，徐州的百姓都知道了这位苏太守的秉性，钦佩之余，更为敬慕。对平常百姓，苏轼十分体恤，不仅如此，对于那些关押在监牢的犯人，苏轼也是亲自关怀。

“这些所谓的犯人，不过是违抗新政，甚至完不成新政苛刻条例的可怜百姓，何须如此难为，再难为，所谓的仁义道德也不过是为虎作伥了。”早在苏辙陪伴他的那三个月里，苏轼便这样表态过。苏轼因为新政而在仕途上难有作为，但他并不后悔，甚至在处理公事时，对那些因触犯新政的百姓还会大事化小，小事化了。

到了徐州，处理完洪灾之后，苏轼亲自去看犯人，专门派出医生去为犯人看病。

“依我朝法律，虽然不准地方官鞭打囚犯至死，但对这些久病无治的犯人却没有任何保护。犯人依然是人，为何不能得到医生的照顾？如果在监牢里生病致死了，那坐牢不就与杀头无异了吗？”

那天在监牢苏轼留下了这句话之后，便为他们派来了医者。不仅如此，苏轼还在能力范围之内改善了犯人们的伙食，增添了被褥，定期抽查犯人们的饭食，要求狱卒在湿冷的环境里不时地烧些柴火，驱湿气以防犯人生病。还增加了犯人亲属们的探监时间。便是这样的心肠赢得了犯人与家属们的一心拥护。

徐州这块自古以来的兵家必争之地，自苏轼来之后却有了人道主义的光辉透射进来。

当小人庸吏个个在朝廷上争权夺利之时，苏轼这样的人不论身处何地，都在做实事，劳心劳力为百姓谋福祉。

也许世间的大道无情，但多一个像苏轼这样的人，就像黑暗中悄然多了一盏灯。也许这盏灯照不了多远，照不了多久，却不能忽视这盏灯给过世间光明的希望。后人评说苏轼："忠言谠论，立朝大节，一时廷臣无出其右"。

第六章

沉浮间，一纸书墨，无限寂寥

“乌台诗案”引牢狱之灾

“木秀于林，风必摧之。”人世间似乎总有这样的言论，越是才情出众，超拔于众人，便越难容于人。此时的朝廷再也不能回到宋仁宗崇尚清廉贤德的风气的时候了，在宋神宗几番折腾之后，朝廷庸吏众多，都以满足自己的私欲为首要任务。

这些年苏轼辗转贬谪各地，诗情勃发，诗文中充满了丰沛的情感，有悲愤，有痛苦，有迷茫，有失落。拆开去看，苏轼的那些句子诗词不过是偶然的诗情而已。但诗为心声，心里如何想，便会在诗词中体现出来。

比如说苏轼写过这样一首诗，他当时正以官员之身行使监督之职，那时被征调的百姓获命挖通运河以通盐船。

艳阳如火，土地如铁，汗出如浆，却无人怜惜。衣衫褴褛的百姓们身上被汗水浸湿了一遍又一遍，痛苦不堪。每天黎明之时，工人们便闻号声而聚集开工。

“人如鸭与猪，投泥相溅惊。”苏轼十个字，写法平实，工人们的艰辛如在眼前令人身如其境。难怪弟弟苏辙也说过这句诗“虽寥寥几字，却令人看了心酸难抑”。

再有一次，苏轼在杭州西南的富阳游览之时，风清如水，叶色新新，处处都是天刚放晴之时的喜悦，当下赋诗云：

东风知我欲山行，吹断檐间积雨声。
岭上晴云披絮帽，树头初日挂铜钲。
野桃含笑竹篱短，溪柳自摇沙水清。
西崦人家应最乐，煮芹烧笋饷春耕。
（《新城道中二首·其一》）

苏轼不同于历代其他受贬谪的诗人，不是抑郁难守，便是放荡颓废。他的乐观与自在，哪怕是在最难守的煎熬之中，也能见到世间的美好。

正如苏夫人教导孩子们所说："你们父亲看似最吃亏的是那不加遮拦的嘴，但实际上，你们要学习父亲的豁达乐观，不论境遇如何，只要心怀阳光，生活终究过得去。试看看我们苏家这几十年，父慈子孝，一团和气，遇事有友相帮，有亲人相随，这便是苏家最重要的传承了。"

苏轼这一生，也许最重要的便是遇见了懂他的几任妻子，亡妻如是，续娶的亦如是。但世间任何事情都有两面性，若非苏轼的赤诚脾性，良善性格，他又如何能得到妻子的全力相助，家庭一片温馨呢？但豁达与失意如影随形，跟了苏轼一生。便是在这豁达与达观里，他成了千古唯一的苏轼。

苏轼歌咏"春入深山处处花"时，他写了百姓们所吃的食物。伴着山而居住的山民们饭食里的竹笋很好吃，但仔细一尝，里面居然没有咸味。"尔来三月食无盐"，为何无盐，苏轼心里怎么会不知道？看到这首诗的苏辙也看得见，朝廷的食盐垄断政策扼杀了整个盐业。

十几年的宦游生涯，没能磨去苏轼的脾性，反而因为时时在百姓之间，看遍了处处荒凉，让他更为心疼天下百姓。与那些高高在上的京师高官相比，苏轼更接地气，也更难改掉为民直言，不顾自身的脾性。

一日，他与弟弟苏辙写信，里面一个细节让苏辙很是不解。

“哥，为何上次你写的诗里，那位私用农民贷款的儿子，会在城内就把积蓄挥霍一空呢？青苗法里不是规定了贷款必须要用在种植林桑方面吗？”

深夜里，油灯如豆，窗外是呼啸的风声。苏轼正坐在窗前给弟弟回信，简朴的书桌上，放着童年时拾回来的那块砚台。曾经的少年如今已经是白发微霜，虽文名遍天，却报国无门。

“子由，那个私用贷款的少年还是学了东西的，至少他学了一口京腔回来啊。至于你问，为何他会把贷款花光，你难道不知道吗？各市县那些精明的官员吧，在贷款的放款处就设置了一条街的酒馆青楼啊。不经过那些花花世界，百姓们就贷不到款。远在乡间的父母不知道情况，少年没见过世面，被那些花招连蒙带哄，等回家之时，还能剩些什么钱买粮买种呢？”

苏轼的文字中，处处是世间百态。百姓爱他的直抒胸臆，更爱他的直爽自在。有一次苏轼北游到太湖地区去拜访好友孙觉。这位孙觉，身材高大，面有长须，作得一手好字画。那一次的聚会里，正是孙觉写了一本书法帖，要各位好友在上面题字。

苏轼一声长笑，挥笔而就：“嗟予与子久离群，耳冷心灰百不闻。若对青山谈世事，当须举白便浮君。”

跳闹豁达之余，内心荒凉可见一斑。

还有一次，苏轼去吴中，写下一首诗：

今年粳稻熟苦迟，庶见霜风来几时。
霜风来时雨如泻，杷头出菌镰生衣。
眼枯泪尽雨不尽，忍见黄穗卧青泥。
茅苫一月垅上宿，天晴获稻随车归。
汗流肩赪载入市，价贱乞与如糠粞。
卖牛纳税拆屋炊，虑浅不及明年饥。
官今要钱不要米，西北万里招羌儿。
龚黄满朝人更苦，不如却作河伯妇。

（《吴中田妇叹》）

辛苦劳作，最后还不如跳河自杀，这样的现实生活，怎么不叫人心灰意冷？苏轼每出一首诗，人人争相传阅，过不了几日便处处传诵。

苏轼曾以为，自己已经被逐出了朝堂之外，外放为官，写诗不过是直抒胸臆，其他不足为虑。正如他的父亲苏洵所说：“吾儿，不论境遇如何，保持初心为要。习字学文是为坚守仁义道德，如若是为荣华富贵，不如早做商贾，莫污了斯文二字。”但也正是这些让他可以舒怀的诗，在后来给他带来了不小的祸患。

那一日，苏轼正随着周邠游历岭南，事有凑巧。正好碰到一位故人，这位故人面色惨淡，神色却是疏朗，他和苏轼说：“我被夜鸮逐回矣。”

苏轼讶然：“夜鸮？这是什么意思？”

苏轼的这位故人本来是岭南的太守，他为官勤俭，为民请命。这一次是因为上表一篇请求简化免役税征收而获罪的。他说：“我那次呈文到京师，人人都不愿意看。最后没办法，我豁出去了，把我写的那篇上表给了一名税吏。本来以为至少能有一点反应，哪知道没多久便被两名武装侍卫押送出城，一直没能等到陛下回复，我就被贬了。”

苏轼很奇怪，要来那篇上表一看，逻辑清晰，建议详当，如果能实施必将有所助益。那位岭南太守说：“夜鸮这事，我给你慢慢说，你就明白了。燕子和蝙蝠讨论一个问题。燕子说一天是由日出开始的，而蝙蝠却说一天是由日落开始的。两个谁也说服不了谁，最后决定去找凤凰作裁判。谁知道在去找凤凰的路上，一直找不到，鸟儿们都说好久没看见凤凰了，有些鸟儿说凤凰睡着了，有些说凤凰请假了。后来遇见一只鸟，那只鸟一听他们的来意，直接就说凤凰被一只夜鸮给代替了。你们这个时候去问，问了有什么用？”

苏轼听完，恍然大悟，于是便有了一首诗：

年来战纷华，渐觉夫子胜。
欲求五亩宅，洒扫乐清净。
学道恨日浅，问禅惭听莹。
聊为山水行，遂此麋鹿性。
独游吾未果，觅伴谁复听。
吾宗古遗直，穷达付前定。

铺糟醉方熟，洒面呼不醒。

奈何效燕蝠，屡欲争晨暝。

（《径山道中次韵答周长官兼赠苏寺丞》节选）

这样的诗越来越多，苏轼不知道的是他所写的诗，都被那些当权的人收集了起来。

虽然诗里根本没有问题，但这些最现实的民生现状，是庸吏不愿见到的真相。他们惧怕这样的诗流入了皇帝眼中，只要能粉饰天下太平，便是这些当权派的享乐盛世。

自欧阳修去世之后，才华卓著的苏轼众望所归地成为了全国首屈一指的大学者，文人们以拜苏轼为师为荣。当时的苏门四学士里，以黄庭坚居长，人们把苏黄相提并论，但黄庭坚始终一直认为自己比不上苏轼。特别是在九月底黄楼的一次大聚会上，苏轼开朗风趣，毫无心机的态度丝毫不同于其他的官场文人，赢得了在场文人们一致的尊敬。

如他自己所说：“我如果遇到不平的事情，真的就像是苍蝇在嘴里，不吐不快。”

元丰二年（公元1079年）三月，苏轼被调往湖州（今属浙江）。按照以往的惯例，此时的苏轼要上表谢恩，对于过去那些不利于民的措施，苏轼不敢直接表露，但他又不吐不快，于是他想了一个折中的办法，他把谏言写进了自己的诗歌里。久而久之，苏轼的诗里描写百姓困苦的内容越来越多，更多的是对新法危害的描写。

苏辙最先感觉到危险，他提醒苏轼：“哥，莫要高调，无人维护之时，自身难保。”苏轼却没有意识到，他在自己的谢表里提到了李定和舒亶。这两位曾经都是王安石门下的得势之人，自王安石败落之后，他们因为再一次讨好了新的掌权者，重新掌握了权力。对于这样见风使舵的小人，苏轼居然把他们写进了自己的诗歌里，明文嘲讽揭发他们。

神宗一直很欣赏苏轼的文采，只是由于一些人的阻拦，他一直未曾得见苏轼那些描写人间疾苦的诗歌，对他的印象还停留在才华横溢的层面。

弄权小人对他一直很忌惮，唯恐他得到皇帝的青睐。果然，苏轼的谢表呈上去之后，那些掌权的小人无比惊慌，其中最着急的莫过于李定与舒亶。这两人被苏轼点名了。万一苏轼在朝堂之上被皇帝一召见，那自己不就难逃厄运了吗？

掌权者因为担心苏轼得势，就干脆阻止苏轼入京见皇帝。他们上欺下瞒，最后苏轼果然未能见到皇帝。不仅如此，他们还想了各种后续手段用来对付苏轼。

元丰二年六月，才到湖州不久的苏轼被一位御史告了。这位心机不正的御史摘了苏轼谢恩表里的四句话，无中生有，说他不忠于君。

几天后舒亶、李定也先后状告苏轼，说他的诗词作品中有不忠于朝廷之处。舒亶更是费尽心机地把苏轼原来所写的对于青苗法的诗句全部翻了出来，给苏轼扣了个不忠于朝廷的罪名。

定下这样的罪名很容易，因为青苗法危害太多。写这些诗的时候，苏轼就是想揭发这些。但在李定他们眼里，写青苗法的弊处，就是反对朝廷。

李定等人希望皇帝下旨处死苏轼，可神宗并不想杀苏轼，他认为既然正式提出案情，就应该让御史们详细调查。

那是一个阴天，冷风如寒刃，朝廷派出的官差是皇甫遵。这位皇甫遵为了讨好当权派，一到湖州，他二话不说就把苏轼给拿下了。

苏轼家里乱成一团，苏夫人着急慌乱间只记得把孩子聚在一团，让他们不要多话。这种时刻情况不明，万一多句嘴添乱可了不得。

皇甫遵威风赫赫，大嘴一张："苏大人是吗？你已经被就地免职了，现遵陛下旨意，押你去京师审问。无关的人都给我闪开，别挡道！"

苏轼听到他的话，一改往日长篇大论的气概，沉默不语。他很聪明，哪里会不明白这等情形？但要他向这样的小人开口，那根本是污了自己的嘴！于是他选择缄默不语，以沉默相抗。按例，苏轼有一点时间与家人道别，几番商量之后，决定由长子苏迈陪他进京。

得到消息的百姓们自发排成长队，泪眼迷离地送别了苏太守。在一路哭声里，只有皇甫遵一人得意扬扬、不可一世。苏轼被押走后，他的家人们决定进京。抵达安徽宿县，御史又派差官去搜拿苏轼的诗篇、信函和其他文件。许多士兵围住苏轼家人的小船，翻箱倒柜，把东西随处乱丢。

家里的女眷为了避免官差们搜到更多的诗稿编排罪名，趁夜大烧文稿。后来死里逃生的苏轼查点文件时发现，自己三分之二的文稿都被烧掉了。

从七月二十八日被捕，到八月十八日关入御史台监牢，苏轼之后接受了近两个月的审讯。

在坐监的日子里，儿子苏迈天天去给父亲送饭。监牢湿冷，苏迈与父亲小声约定："父亲，你放心，我会在外一直打探消息。如果外面的风声没事，送的饭里就会有菜与肉。万一有坏消息，饭里就会有鱼。"

"此法甚好，免得狱卒干涉。"苏轼应允，表示明白。

但有一次苏迈手中钱粮吃紧，没办法，他只能出京去借钱。他怕父亲吃不上饭，专门拜托了一位朋友去帮父亲送饭。只是事情仓促，苏迈忘记告诉朋友不要送鱼过去，哪知道这位朋友偏偏就送了鱼。

苏轼在监牢中度日如年，每天最大的期望就是看看今天有没有坏消息。及到朋友把饭送到，一打开，是一条鱼。苏轼默默咽着泪，食不知味地把饭吃完了。

以为自己命不久矣的苏轼，写了两首诗，委托弟弟照顾自己的家人，还感谢皇帝对自己的恩情。狱卒正愁找不到罪证，马上把这两首诗上交给了朝廷。

对苏轼的审讯在十月初终结了，证人们的证言被呈到了皇帝手中。皇帝一看，这一次牵连的人太多了，其中尤以驸马王诜牵涉最深。因为在这一次的审讯中，朝廷发现他和苏轼曾交换过许多礼物。不久，皇帝下令，所有与苏轼有诗信来往的人都要把手边的诗文交予调查。

就在此时，后宫也出了一件大事。一向支持苏轼的仁宗太后生命垂危。

这位贤德一生的太后，临终前不说其他事情，却对皇帝说：“我现在都还记得，苏轼兄弟中了进士那天，仁宗先皇高兴地说，他那天为子孙得到两个相才。现在苏轼因写诗而获罪，在我看来，这是小人的陷害。他们在苏轼的政绩上挑不出毛病，只能钻空子用他的诗来定罪。”

因为气息急促，太后一时只能停下说话。陛下连忙命宫女为太后调整好靠枕，早有伶俐的宫女上前喂水。但太后却轻轻地推开，继续说：“只希望你认真处理这件事，千万不能中了小人的奸计，那样老天爷会动怒的。”

皇帝一时之间心绪难平，默默点头，记下了这些话。

因恰逢太后殡葬，苏轼的案子被搁置了很久。十月三十日审问的官员们做了一份案情摘要，呈给皇帝。狱卒把苏轼写的两首诗一上交，皇帝看完，大受感动。苏轼将死之际，依然记挂着自己所受的恩情，无半句抱怨推责，反而是感恩陛下对他的赏识。

“苏轼其人，赤忱一片，你们哪里懂得他。”

因为这份感动，哪怕御史再施高压，给苏轼制造各种不利局面，最终皇帝仍释放了苏轼。而这起所谓的“乌台诗案”——乌台即御史台监牢的代称，纯粹就是对苏轼赤裸裸的构陷。

那些监牢里湿冷的氛围，难眠的夜晚，无故加之的牢狱之灾，这些折磨让苏轼更深地体会到了什么是叫天天不应，叫地地不灵。自己是一名小官都会因为这样的构陷而沦落至此，更何况那些无力反抗的百姓呢？幸得自己有文名，幸得皇上惜才，才捡回了一条命的苏轼，不仅没有因为这次的遭遇而变得乖顺，反而似看透了一般，变得更为自由自在了。

正如后人所说，《湖州谢表》本是一件简单的例行公事，但在苏轼诗人的笔下即使是写官样文章，也有丰富的个人色彩。谢表里写的“愚不适时，难以追陪新进”“察其老不生事，或能牧养小民”，这简单的话却被蓄谋已久的新党抓了辫子，朝野上下新党一派众口一词地说苏轼“愚弄朝廷，妄自尊大”“衔怨怀怒”“指斥乘舆”“包藏祸心”。

欲加之罪，何患无辞？元丰二年（公元1079年），苏轼四十三岁时因调任湖州知州所写的《湖州谢表》本是例行公事，引起的这次牢狱之灾却影响了苏轼的仕途。

落寞的黄州之路

所有与苏轼有来往的亲友都被调查，书信礼物全部被一一查验。幸好这一次皇上派了心腹之人来查，此人虽然不像李定之流心狠手辣，但也是个见机行事之人。

他想到以后必然还要与李定等人同朝为官，如果这一次做得太过清正，那日后岂不是平白无故多了两个仇人？但皇上的心思他又不能不考虑。

几相权衡之下，他暗下决心，先给苏轼判了个不轻不重的罪，然后向皇帝汇报，根据资料诽谤当朝体制本该贬居或处两年的苦役，但苏轼的情况较为严重，应该连降两级。又考虑到苏轼一案相当重大，故此申请由皇帝亲自判决。

十二月二十九日，有关苏轼的判决终于公布，他被贬到汉口附近的黄州（今湖北黄冈市），担任团练副使的小官职（相当于现代民间的自卫队副队长），必须限住该处，不得随便离开，并且无权签署公事公文。旨意一下达，哪怕适逢太后出殡大赦天下的时机，那些御史们也不甘心，恨不得把苏轼等异己缴杀殆尽。因为他们明白，野火烧不尽，春风吹又生，只要有机会，苏轼等人必将东山再起。

最着急的是李定和舒亶，他们跪在大殿上大声疾呼："陛下，留不得啊。苏轼文名越盛，牢骚越盛。如今罪证确凿，今日不除，天下之人将尽受其蛊惑。请陛下三思！”

两人磕得头破血流，誓要将苏轼处死。

大殿冰冷的地砖挡不住两人汹涌的偏执，高坐于龙椅上的皇帝一脸无奈。他本不是心志坚定之人，又空有治国雄心，恨不能一扫前尘，实现他青史留名尧舜之治的梦想。但一想起太后临终时的嘱咐，以及苏轼那两首诗，他终于还是说了这一句。“此事就此作罢，休得再提。”说完之后，他一个转身准备出金銮殿。

但没想到，苏辙此时突然跪倒在地，“陛下，臣愿以一切官爵来替哥哥赎罪。”

皇帝正是心里烦乱之时，这时看见苏辙也不顺眼了。一个两个只知道争论喊冤。“既然如此，那朕如你所愿。”皇帝气呼呼地留下这句话之后，一甩手走了。

得道多助，与苏轼政见相同的元老们不断上书，连那些新党，那些变法派的有识之士也劝谏神宗不要杀苏轼。王安石当时已经退隐金陵，闻听苏轼受困也连忙上书说：“安有圣世而杀才士乎？”最终这场诗案因王安石的“一言而决”，得以从轻发落。

苏轼被贬为黄州（今湖北黄冈）团练副使，本州安置，受当地官员监视。乌台诗案让苏轼坐了103天牢，生死悬于一线，数次差点被砍头。

最后，苏辙也被降调高安担任筠州监酒，监酒是一个很小很小的官，也就是官营酒场里的一个小小掌柜。而苏轼终于从被关了四个多月的监牢里走了出来。

与苏轼有来往的那些人，张方平与其他大官罚红铜三十斤，司马光、范缜等十几个朋友，各罚红铜二十斤。这样的处罚已经很重了，毕竟红铜的价格在当时并不便宜。

高安离黄州一百六十多里，此次一别，两兄弟再难见面。好在苏辙早早做了安排，他已派人去接苏轼的妻儿过来相会。

那天，儿子苏迈搀着他，一步一步走出了监牢。斑驳而阴暗的墙壁上，不知凝聚过多少人的盼望与绝望。太多人在这里死去，太多人在这里痛哭。苏轼未曾想过，自己居然有一天会沦落至此，也没想到，自己竟然还能捡回来一条命。

因为诗而获罪的他，一出来第一件事便是写诗：

平生文字为吾累，此去声名不厌低。
塞上纵归他日马，城东不斗少年鸡。
休官彭泽贫无酒，隐几维摩病有妻。
堪笑睢阳老从事，为余投檄向江西。

（《十二月二十八日，蒙恩责授检校水部员外郎黄州团练副使，复用前韵二首》之二）

写完最后一个字，苏轼自己也忍不住说：“这种时候我还想着写诗，看来我也是无可救药了。”

人生路漫长，这一劫终究还是渡过去了。元丰三年（公元1080年）一月一日，苏轼带着二十一岁的长子苏迈离开京师，前往谪居地黄州。他走陆路去黄州，家眷交给了弟弟苏辙照管。贫穷的苏辙是苏轼最安心的依靠，他把自己的家眷都安排到了一处小房子里。然后上溯长江，把苏轼的妻室王闰之、朝云（此时朝云已经成为苏轼的妾室）和两个小儿子送到苏轼身边。弟弟苏辙带领自己一大家和苏轼的家人，走了几个月才到九江，安顿好家人。苏轼二月到达黄州，他的家人四月才到。

黄州是一座河边的小镇，小镇风光而已。这里位于汉口下游。在黄州向西看，山脉丘陵属于武昌，草木如雾如霰，依稀可以看见渔翁的小船在江边飘荡，樵夫的小房子在山林间露出屋檐。当长江流出西陵峡之后，整个地势瞬间平坦，江水一泄如注。沅水、湘水自南流入，汉水自北倾入，沔水流入汇合至赤壁之下，眼见之处只有如海般浩浩荡荡的江水。

苏轼来到黄州，顿时就被这里的河川美景震慑了。但是由于家人还未到来，他便找了间离江甚远，一座位于林木茂密的小山边的寺庙先住了下来。这里的徐太守对苏轼非常仰慕，热情迎接他的到来，经常不辞辛苦过江来看望他，给他带来各类生活物品。

“先生高义，世人皆知，到这小地方苦了先生了。”徐太守中等个头，为官清正中和，儒雅有礼。

苏轼连忙谢礼：“大人谬赞了，不敢不敢。若非贬谪至此，又如何能一览这如画美景，如何识得大人呢？”

苏轼曾有一首词赠给他。

江汉西来，高楼下，蒲萄深碧。犹自带、岷峨雪浪，锦江春色。君是南山遗爱守，我为剑外思归客。对此间、风物岂无情，殷勤说。

《江表传》，君休读；狂处士，真堪惜。空洲对鹦鹉，苇花萧瑟。不独笑书生争底事，曹公黄祖俱飘忽。愿

使君、还赋谪仙诗，追黄鹤。（《满江红·江汉西来》）

词中的鄂州，即武昌。苏轼写完这首词之后，长叹不语。太守见状上前道：“先生莫要悲凉太甚。这世间遭遇远非你我二人能主宰，最好便是随遇而安。这几日便多出门走走，散散心为好。”

“大人见谅，我性情如此。这些年祸从口出的事情也做过太多，但江山易改本性难移，不知哪一天因为这张嘴，我又会再遭大难。”苏轼豪爽一笑，苍凉悲慨。

太守无言，知道劝解亦无用，转眼看词。“先生这词，以辞气慷慨见长，郁愤不平之气于字里行间奔涌。实乃难得一见的佳作，此生能得先生赐作，陈某万分感激。在此多谢先生相赠了。”

“我心不静，愤慨难平。大人莫要见怪，我这臭脾气是改不了了。”苏轼大笑，如果无法改变，那不如平静接受吧。

及至苏轼家人到来，他才搬离了那处寺院。与入狱前相比，苏轼的神情里多了几分沧桑。家人惊魂未定，看见苏轼写诗心有余悸。但知世事如此，又万分心疼苏轼的处境。

妻子默默不语，见苏轼沉寂，也只是静静为其夜里添一盏灯，披一件衣服。

苏轼在黄州的日子里，寂寞与寒冷，似大江如镜，奔涌之间尽是些苍凉心事。他越来越多地回想起自己的一生，自己的少年光景，自己的人生往事。那个千里之外的家乡，温暖潮湿的梦境里全是蜀地的美好回忆。

“夜凉疑有雨，院静似无僧。”这一句诗是蜀地留给他的馈赠。命运如同转轮，悄然间把苏轼送到了黄州。

一次夜宿禅智寺时，满院无人，寂静又冷清。夜半时分突然下起小雨，细雨敲竹，如风入松林，雨落清池。“夜凉疑有雨，院静似无僧”，这两句诗再一次映上心头，而人生已然有了不同的况味。曾经那个在院门口准备着离家赶考的少年，此时已然是一身疲累。“知是何人旧诗句，已应知我此时情。”苏轼叹息着吟诵出这一句。岁月恍然逝去，只遗下时光的回声，写下那句诗的人已经杳然不可寻，但遗落下的诗句却如吉光片羽一般安抚了今日的苏轼。

心领神会之时，便是诗如人世之时。一生有此境遇，也不枉颠沛如斯。幸得有此佳句在心，哪怕在此夜深人静之时，也如旧友在旁，暖意悠然。

只是如此佳句，却来自于人生最为幽独之时，正如苏轼自己所言：“杜门不出，闲居未免看书，惟佛经以遣日，不复近笔砚矣。”要让一个生命力如此旺盛的人甘于平淡，这是一种多大的失望？苏轼自元丰二年（公元1079年）被贬至黄州，一待就是四年。

诗人的贬谪生活

在黄州，苏轼开始了死里逃生之后的全新生活。

自家眷到达之后，苏轼的生活更是清寂，现实的问题开始接踵而来。他的钱财已经花得差不多了，虽然大儿子苏迈已经成家，但是两个小儿子苏迨、苏过还是十几岁的孩童，此时正是需要用钱的时候。徐太守一直帮衬他们家，当初苏轼的家眷到达之时他还带着车马去帮忙接应。

“苏先生，大家远道而来，不如先住到临皋亭吧。”徐太守一直尊称他为先生，执弟子之礼。实际上贬谪之后苏轼的官位比他小太多，但徐太守认为苏轼当得起这个礼遇，甚至还愧疚自身能力有限，帮不了他太多。毕竟天下明眼人都知道，所谓的乌台诗案，不过是小人作祟。

临皋亭本是驿亭，那些走水路经过黄州的官员可以在此小住。此时徐太守主动提出让苏家都住进去，就是为了先让苏轼一家有个落脚之地。

“那便多谢了。”苏轼经过这些时日的相处，也了解了这位徐太守的性情，当下便应承了。苏轼在给友人的信中写道：“寓居去江无十步，风涛烟雨，晓夕百变。江南诸山在几席，此幸未始有也。”文中描述驿亭风景很美，但实际上这处驿亭很简陋，太阳直射，江风如烈，并不适合久住，但住在这里唯一的好处就是不要房钱。后来徐太守在这房子边上加盖了一个书斋给他用，这书斋四面透风，只是江风还不错。而在这位诗人的眼里，最妙是午睡初醒之时，经常会忘记身处何地。拉起窗帘坐在榻上，眼里只看到水上风帆无数，眺远望去水空相接，苍茫久远。

他会在雨后的傍晚一个人到东山脚漫游，寻访庙宇、花园和清溪。南岸有矾山，高耸在湖泊水道交织的平原里。他越来越虔诚地信教，他在《安国寺记》中说："余二月至黄舍。馆粗定，衣食稍给，闭门却扫，收召魂魄。"

性情里的豁达与死里逃生之后的感悟历久沉淀，让苏轼越来越会苦中作乐。他在写给范缜儿子的信里，诙谐又幽默地说："住在这临皋亭里，出门只有十几步，就是江水滔滔。这江水一多半是从峨眉山化雪而生的水。我本是四川人，如今又天天吃用这江水，实际上也就是用着故乡峨眉山的水。既然如此，我其实根本不需要思念家乡。家乡就在我身边静静流淌。再说，这江水风月本无常主，谁有闲情去欣赏，那谁就是它们的主人。听说你那新起了一处园子，与我这里相比，不知道哪个更好一些。但在我看来，我这边与你那边相比，至少就不用缴税了。"

说到缴税，此时的苏轼确实是捉襟见肘了。经历劫难之后到黄州，家里吃饭的人多，用钱的地方多，但收入却没有多少。

于是苏轼便想了个法子计划家用。

苏轼的法子很简单却很有效，他规定每天的日用不得超过一百五十钱，这些钱包括了家里每天的米粮油面。每到月初便取出四千五百钱，拆成三十份，分别挂在房梁之上。每天要用的时候便用高竿子挑一份下来。那些每天用剩下的钱便用大竹筒装上，存下的都用来招待宾客。这么算下来，哪怕没有进项，手里的钱还可以用一年多。如此一来，他心里再也不慌了。

一天一百五十钱的生活，没有酒宴应酬的苏轼每天过着农民一般的日子。穿着芒草做的鞋子，举着竹杖到处漫游，天天和樵夫渔民混在一起。走在山里，走在路上，经常被一些喝得醉醺醺的汉子推来挤去，骂骂咧咧。这位笔下江山比历史更久远的大才子，此时淹没在泥沙与污垢里，满面尘灰，谁人又识得他是名满天下的大宋第一才子？

“自喜渐不为人识，不为人识……”笑骂由人，破衣烂衫，苏轼边走边笑。

有空，苏轼就过江去看望同乡好友王齐愈。有时风雨如注，他淋得一身水到王家之后，便干脆就住几天。他还喜欢自己一个人乘船去樊口的潘丙酒店，这处酒店是他意外发现的好地方。酒店门脸小而旧，陈旧的酒幡在江风的吹荡之下呼啦作响。掌柜的是一个黑瘦的老头，带着儿子儿媳经营这个小酒店。酒店里卖的就是村里酿的土酒，虽然看起来有些浑浊，但滋味却很是不错。

“掌柜的来一碗酒。”苏轼把竹杖放好，找个坐处就开口了。年纪大了，这个竹杖已经不能离身了。

“好的，稍等。”店家的儿子很伶俐，递了碗酒过来。

苏轼一边品着酒，边上不时会出现手提着橘子柿子叫卖的村妇，他会摸出点钱出来，买一点带回家去。当然，他最喜欢的还是这里卖的芋头。这里的芋头可以长到一尺来长，味道软糯，很饱肚子。而且，因为江上运费便宜，这里的橘子、柿子、芋头都很便宜，连一斗米都只卖二十文。如果苏轼手里有余钱，还会买点羊肉。这里的羊肉也很便宜，当然最便宜的是这里的鹿肉，简直就是贱卖，鱼蟹更是多得不得了，只要一点钱就能买上一堆。正是因为知道了这么个地方，苏轼才能时常给家里带些美食。

苏轼在这里还交了一个朋友：旗亭酒监。他家里藏书很多，而且最喜欢别人来借阅。苏轼来了之后，他更是主动相邀。更别提那位热情的徐太守，家里的厨师很会做菜，得空了就邀请苏家去他那里吃饭。

妾室朝云有评价："先生现在真的是别作经画，水到渠成，不须预虑。因此胸中都无一事了。"

的确如此。不论过去拥有过什么样的盛名，此时的苏轼只是一个简单的人。那股愤懑与失意，逐渐消散。生活像一床粗糙却厚实的棉被，掩着他的那些心酸失意，只留下每日每夜的平静生活。

在黄州，苏轼多次前往赤壁山游览，青史留名的《赤壁赋》《后赤壁赋》和《念奴娇·赤壁怀古》等名作相继出炉。《赤壁赋》《后赤壁赋》作于宋神宗元丰二年（公元1079年），因篇名相同，故以前后区分。《念奴娇·赤壁怀古》是宋神宗元丰五年（公元1082年）所写，当时，苏轼已经四十七岁了，因"乌台诗案"被贬黄州已两年余。

东坡先生的闲居岁月

元丰四年（公元1081年），苏轼变成了一个地地道道的农夫。春日的清晨，他唤来家人商量：“如此坐吃山空终究不是办法，现在我俸禄微薄，不如找朋友相帮求一处田地，也能给家里添些吃食进项。”

家人们都很愿意，妻子表态说：“如此很好，家里人手多，自己养活自己不成问题。”

苏轼于是求助于老友马正卿，向州郡求得黄州东门外东坡故营地数十亩，开垦耕种，自号“东坡居士”。他早想归隐田间，却不想在这离家千里的地方当上了农夫。回想少时与弟弟子由约定早些归隐的话，万般感慨系挂于心。

东坡农舍在小山旁。顶上是一间三房的小屋，俯视下面的亭台，亭台下便是著名的雪堂。这年冬天，黄州大雪盈尺，十二月二日微雪，至二十五日大雪始晴。下雪期间，苏轼在东坡建了一所房屋，取名雪堂。这房子完全是苏轼带着家人一起建起来的，自力更生，不假他人之手。

雪堂的墙上有苏轼亲笔画的森林、河流、渔夫的雪景，都是就地取这里的风景描画上去的。后来这里变成他待客的地方。雪堂的石阶下有一座小桥跨沟而过。除了雨天，平常小沟都是干的。雪堂东面是他亲手种的一棵大柳树，再过去是一个小井，泉水冷冽。东面下方是稻田、麦田、一大排桑树、菜蔬和一个大果园。

苏轼还把附近一个朋友送他的茶树也种在农场上。远景亭在农舍后方，立在一堆土岗顶，四处风光一览无遗。他的西邻姓古，院子里养了一大片巨大深幽的竹林，长势喜人，茂盛非常，一走进去连天空都看不见，苏轼夏天就在这儿乘凉。

苏轼决心为自己造一个舒舒服服的家。他筑水坝，造鱼塘，种了朋友送来的花木、邻居送来的树苗和故乡来的菜蔬，他的精力全用在种田修整上。田地是最真诚的所在，有付出就有回报。他看着成熟的水稻，心里充满自豪与满足。苏轼比他喜欢的陶渊明更持家有道。

就像他妻子说的："人人都说陶渊明淡泊名利，不为五斗米折腰，但他种个豆子都是'草盛豆苗稀'，哪里比得上我的夫君，家里什么都办得好，种稻子，稻子丰收；种果树，果实压枝头。就算是盖房子也不在话下，做饭烧菜更是一流水平。"

苏轼经常下厨，也因此烧得一手好菜。现在我们在各处餐厅饭馆中吃到的东坡肘子和东坡鱼，就是苏轼所创的。这样的生活舒服又自在，他每天在体力劳动中挥洒出的汗水，似乎带走了曾经的失意与悲愤。田地的朴实与丰收，更让他品尝到了一种成就与自足。孩子的笑脸，妻子家人的欢喜，还有因务农而越来越矫健的身体。谁也不曾想到，这名满天下的大文豪，哪怕是做农民，也是一流的农民，并且越活越滋润，越来越自在。

这位东坡先生，已经进入返璞归真的境界了。他有一首词，记载了这种情景。

梦中了了醉中醒。只渊明，是前生。走遍人间，依旧却躬耕。昨夜东坡春雨足，乌鹊喜，报新晴。

雪堂西畔暗泉鸣。北山倾，小溪横。南望亭丘，孤秀耸曾城。都是斜川当日景，吾老矣，寄余龄。（《江城子·梦中了了醉中醒》）

拿着粗纸写下这首词之后，天下闻名的苏轼，此刻潇洒的东坡先生，兴致勃勃地叫来全家人，说："来来来，我来教你们唱这首曲子。"

他教家人唱，自己也一起唱，手舞足蹈，为了打拍子，他还专门找了根竹枝打牛角。全家笑闹着唱歌，小儿子还跟着节奏扭着跳舞，锅里自家产的米做成的饭香味袭人，苏夫人带着朝云做的泡菜放了整整三个大坛子，堆在墙角，坛上的封泥还是新的。屋檐下晾着自家种的白菜萝卜，还挂着熏出来的腊肉。

兴之所至，苏东坡在雪堂的墙壁和门板上写了三十二个字，日夜观赏。内容是四道警告：

出舆入辇，蹶痿之机。
洞房清宫，寒热之媒。
皓齿峨眉，伐性之斧。
甘脆肥酸，腐肠之药。

热爱生活，又能于生活之上享受美好，时刻提醒自己保持清净自持之心。这样的苏轼，人品上能做儿子们的标杆，生活上能成为儿子最完美的榜样。农田垦好，他衣食无忧。他有一大群朋友，大家都和他一样自由，一样口袋空空却悠闲无比。

苏东坡说自己的老师欧阳修的这一首诗最能形容当下的自己：

夜凉吹笛千山月，路暗迷人百种花。
棋罢不知人换世，酒阑无奈客思家。
（欧阳修《梦中作》）

但生活也不仅仅有这些愉快，当地人并不是个个都像东坡先生一样过上了这样的生活。因为贫穷，黄州当地许多穷人养不起孩子，于是在孩子出生后即将其溺死。这个溺婴的恶俗使苏轼深受震撼。

“未曾想到世间竟然还有这样的习俗，稚子无辜，怀胎十月，一朝分娩却是赴死之时。”苏轼马上给武昌太守写了一封信说及此事，请求官府可以多少资助一些，让这些婴儿得以存活下来。

“苏先生，我们一起成立救儿组织吧。要做什么您安排，需要什么我们去求助。”

朋友们聚在一起成立救儿组织，请有名的善人担任会长。苏轼和朋友们发动富人捐了很多钱财，并且财务支出全部公开，时刻欢迎大家监督，只求能多救几个婴儿。

这些富人们感于苏轼的善心，再看到财务如此分明，并非欺世盗名的行径，而是真心相助，个个都愿慷慨解囊，一年各出十缗钱以上。这些钱由专人来管，有些钱专门用来买米、有些钱用来买布、有些钱则专门用来买棉被。

为了帮助更多的人，苏轼和他的朋友不辞辛苦去乡村调查拜访即将生产的妇女，还要找到愿意养育孩子的人家，只要肯养小孩，苏轼就送给足够的钱米布减轻他们的负担。苏轼想的是：一年若能救下一百个婴儿，也算得上是功德无量了。

苏轼虽然很穷，所得之食也仅够温饱，但他的家人们都非常支持他。每年苏轼都要捐钱十缗，专门用来救助婴儿，妻子孩子也经常把自己家的米送给贫苦的农家。

当他全心投入到生活之中时，他甚至有了闲情，想起了年少时听那位尼姑讲的花蕊夫人的故事，如今到了黄州，他把这首词自己补记了出来。

冰肌玉骨，自清凉无汗。水殿风来暗香满。绣帘开，一点明月窥人，人未寝，攲枕钗横鬓乱。

起来携素手，庭户无声，时见疏星渡河汉。试问夜如何？夜已三更，金波淡，玉绳低转。但屈指西风几时来，又不道流年暗中偷换。（《洞仙歌·冰肌玉骨》）

在这样的日子里，苏轼越来越能看清自己的处境，也就越能体会人生的况味：“我读书时，读书作文都是为了应考而已。等到了进士及第还嫌不足，又去考制策，其中有什么意义呢？今天的科举，说是要我们直言进谏，但是每年的科举题目依然是些古代大道理。人最痛苦的莫过于不自知，到了今天，我终于明白了一点点，也算是不枉此生了。没想到我开始明白这些时，稍在诗歌里提及一点就几乎被抓去杀头，甚至还有世人认为我苏轼是为了标新立异故意为之。其他的话多说也无味，就这样吧。”

每天苏轼都要在雪堂和城内的临皋亭里两头奔波，他穿着一身粗布衣服，脸被晒得黑里透红，手上都是做农活留下来的老茧，不认识他的人根本就认不出来这就是那位大文豪苏轼。

他的生活每天都充实而忙碌，最喜欢的就是晚上去找人喝酒。有一次苏轼和太守两人在湖上饮酒聊天直到半夜，等到他回到家里已经很晚了，家里人都睡着了。苏轼大半夜一个人拄着竹杖在门外敲了半天没人过来开门，没办法他只好一个人走去了江边。

夜风如袭，江水滔滔，月光之下波浪如银。嘴里的酒味还在，全身都是暖烘烘的酒气，这时候万籁俱寂，这样的月光，这样的江水，这样的人生，苏轼一时感慨，写下了一首《临江仙》：

夜饮东坡醒复醉，归来仿佛三更。家童鼻息已雷鸣。敲门都不应，倚杖听江声。

长恨此身非我有，何时忘却营营？夜阑风静縠纹平。小舟从此逝，江海寄余生。（《临江仙·夜饮东坡醒复醉》）

让人哭笑不得的是，第二天这首词便传了出去，人们居然以为苏轼写完这首告别词就逃走了，而且传得有鼻子有眼，连苏轼自己听了都觉得好笑。可惜这谣言传得太快，没过半天，徐太守都听见了，他吓得够呛。

“什么，苏先生跑了？不可能吧？昨夜我还和他喝酒来着。”

“您还是去看看吧，这词都写他小舟从此逝了，万一传言是真的，上面怪罪下来，谁也吃不消啊。”前来送信的衙役说。

徐太守更慌了。作为太守，如果苏轼真的跑了，他可是有责任的。二话不说，两人马上出门去苏家一探究竟。两人不停催促船夫快些快些，迅速过了江，一路小跑，跑出了一身汗。一到苏家，徐太守顾不上和忙不迭请安问好的苏家人说话，张嘴就问：“苏夫人，苏夫人，苏先生在哪呢？”

苏夫人一指房门，“在里面呢，大人您如果有急事，就先进去吧。”

一推开房门，苏轼还在梦乡，鼾声如雷。徐太守的心顿时就放下了，然后转喜为怒，“这谣言怎么传成这个样子！荒谬至极！”

这件事后来经常被苏轼拿来开玩笑，更有趣的是这个谣言甚至传到了京师，连皇帝都听到了。苏轼在黄州自由的生活使他的心灵产生蜕变，原来刻薄的讽刺、尖锐的笔锋，一切激情与愤怒都过去了，代之而起的是光辉、温暖、亲切、宽容的幽默感。

当苏轼成为了苏东坡，说明他真正成熟了。

在黄州的日子里，陪伴他的邻居是潘酒监、郭药师、庞大夫和农夫古某。住在临近有一位泼辣的农妇，不仅说话嗓门大，隔大老远都能听见她的说话声，在为人处事方面更是跋扈又嚣张。苏轼每次想事情想不通，愤怒于世事时，一看见这个妇人生龙活虎骂街的样子就会觉得什么样的生活都能过得去！

黄州太守徐大受，武昌太守朱寿昌，还有一位朋友马梦得（字正卿），始终陪伴着苏东坡。这些朋友们与苏轼一样，坚守本心，丝毫不在意自身的得失。他们在一起聊天的时候，自嘲又穷又不得志。苏东坡最会打比方："你们如果再跟着我，这辈子要想发财，就像想在龟背上采毛织毯子一样了。"

一说完，众人大笑，尤其是马梦得，一直无怨无悔地跟随着苏轼，能帮工就帮工，能做事就做事。他对苏轼佩服得五体投地，做这些事情倍感幸福。因为这件事，苏轼还写了首诗："可怜马生痴，至今夸我贤。"一日，甚至还有一位从四川眉州来的清贫书生，专门到苏家来免费做了两年塾师。在黄州的这段岁月里，抚慰苏轼的不仅有家人，更有这些知己朋友。

哪怕一切变得不可控，苏轼也能自己一砖一瓦垒成城墙，守护自己的一片天地。如后世刘安世所说："东坡立朝大节极可观，才意高广，惟己之是信。"熙宁二年（公元1069年）之后的苏轼，即使受到贬谪，人生行到窄处，终是有一处人性的温暖所在。

第七章
漂泊者，在低谷里为命运高歌

奔向新的征程

元丰五年（公元1082年）十月，苏轼和两个朋友从雪堂出来，那时候天已经有些晚了。月色如水，三人边走边聊，准备到临皋亭去聚会。途径黄泥坂时月光如泄，地上如白霜满地，树枝光影迷离，抬头见月，一时之间万物安如处子。夜色迷人，三人心胸为之一阔，放声歌唱。

苏轼唱得一声酣畅，大声说："倒还是差些酒菜。"

两位朋友一听，正合心意。三人马上回去弄了些酒菜，乘船到赤壁之下。此时已近晚秋，江水比之前些日子下降了些，水面一浅，江面的石头便露了出来，远处的赤壁高耸。三人兴致勃勃地登上赤壁，仰天长啸，笑声回响悠远。这股喜悦无关于任何身外之物，只是为这自然之景，为这生之欢愉。

苏轼说："看那边，看东方。"

朋友们转头一看，两只孤鹤正由东方飞来，白羽优雅地浮动。白鹤一声长叫，由舟顶向西飞去。苏轼与朋友们立于赤壁，浩然之情顿生。此时，那些朝堂之上的蝇营狗苟又算些什么，只要这清风一吹，便再也不会染上心头了。世间烦琐之事太多，但只要我心坚定，不管遇到什么坎坷，终也不负清风如斯！

自有横槊气概，固是能展现英雄本色的"千古绝唱"《念奴娇》，如若苏东坡没有澄澈开阔的心胸，又如何写出这样的千古名篇?

> 大江东去，浪淘尽，千古风流人物。故垒西边，人道是，三国周郎赤壁。乱石穿空，惊涛拍岸，卷起千堆雪。江山如画，一时多少豪杰!
>
> 遥想公瑾当年，小乔初嫁了，雄姿英发。羽扇纶巾，谈笑间，樯橹灰飞烟灭。故国神游，多情应笑我，早生华发。人间如梦，一樽还酹江月。（《念奴娇·赤壁怀古》）

有这样的心胸，什么样的生活都能过得红红火火!

在孩子们看来，父亲苏东坡是一个无所不能的依靠。不论是学问还是生活，父亲都能一一妥善处理。父亲、丈夫、官员、农夫、知己、好友，这些生活角色苏东坡都能出色地扮演。

一日，朋友来看他，发现苏轼一个人在床上静静打坐。他不发一语，默然清静。

朋友还未开口，但是苏轼却先睁开了眼，笑眯眯地说："来了?先到外面坐会，我就过来。桌里有好茶，正好拿来招呼你。"

没一会，苏轼就过来了，烹水、备茶。朋友开口问道："苏兄怎么打起坐来了?"

苏轼说："我曾在杭州之时，与僧道颇有交往。或者说我这大半辈子，听过的看过的佛语禅道不算少，但只有到了黄州才发现，佛道解脱始于心灵的自律。要得到精神的宁静，必须先克服恐惧、愤怒、忧愁等情绪。打坐正是为了静心，不得不说，我受益良多了。”

朋友问道：“有什么体悟吗？我也听听。”

苏轼捻着胡须说：“体悟谈不上，但我发现未有天君不严而能圆通觉悟者。”

后来，苏轼除了勤读佛经，还在道观中闭关了四十九天，他在一首诗中提到在临皋亭炼丹的事，另外在给朋友王巩、张方平等人和给苏辙的许多书信中，也都曾提到过练功修行的感受。

苏轼每天面朝东南，盘足而坐，叩齿三十六次。调慢呼吸，三次过后待津液满口，即低头咽下。为了锻炼身体，他每天以左右手热摩两脚心，再一直搓热到脐下腰脊间，然后用两手摩熨眼面耳项，等到这些地方都热透之后，用手捉鼻梁左右五十七下，梳头百余下，梳完而卧倒，一夜无梦熟睡到天明。

苏夫人很支持苏轼做这样的锻炼。“爱护身体最是应当，我最怕夫君因为失意而放任自流，如今终于是放心了。”

苏轼笑答：“我每日勤加锻炼，自己都觉得越来越年轻了，不知道夫人怕不怕我一个人羽化登仙呢？”

苏夫人被逗得扑哧一笑，“那更好，等你登仙了去天上带些仙丹下来，让我们都吃一丸，也去看看天界模样！”

两人这是笑谈，要知道苏轼到老都在寻找炼丹的方法，但他却不同于别人一味沉迷，反而时刻告诫家人，“除非见到真正长生不老的人，否则各种有关仙人的传说都只是传说而已。”

但他倒是在古书上摘取了几条生活规则来作为简化生活的常识观，这几条就是：一，无事以当贵；二，早寝以当富；三，安步以当车；四，晚食以当肉。

自从苏轼因“乌台诗案”被贬黄州，他有田要种，有风景要欣赏，有佛经要读，有丹要炼，有酒要喝，有诗词要作，已经顾不上寂寞了。

不久喜事降临。元丰六年（公元1083年），妾室朝云给他生了一个儿子。苏东坡很开心，夫人问给孩子取个什么名字，他说：“就叫遁儿吧。”

苏夫人很奇怪，怎么会取这个名字？

苏轼自嘲：

人皆养子望聪明，我被聪明误一生。
惟愿我儿愚且鲁，无灾无难到公卿。
（《洗儿诗》）

苏夫人听完，点了点头，便到里面照顾朝云和小婴儿了。她进去和朝云说起苏东坡给孩子取名叫“遁儿”，并把这首诗念给了朝云听。

朝云听完，笑了，“好，好，好，这个名字好，无灾无难到公卿。”

苏轼在房门外听见朝云笑了，跟着说了一句：“快些长呀，遁儿，爹爹做的东坡肉和东坡肘子可最是美味了，你那些哥哥们可馋得紧呐。”

朝云和苏夫人闻言，扑哧一笑，这位东坡居士可真是急不可耐，儿子才生下来就盼着他快些长了。

在生活中，苏轼的厨艺的确了得。他的拿手菜东坡肉就是在黄州领悟到的，而且实验成功之后，他还说："若不是遇上了我，你们这些好猪肉可就平白被胡乱浪费了。"

正如苏轼所说，这里的好猪肉"富者不肯吃，贫者不解煮"，他自创的煮肉方法是先拿少量的水把猪肉煮开，放上酱油再用文火炖上几个小时，时候一到，味道鲜美。做鱼更有诀窍。鲤鱼在下锅前就有讲究，先要用冷水洗了，在鱼的身上擦些盐粒，在鱼肚子里塞上白菜心，放点油先在煎锅里加几根小葱白，然后再下处理好的鲤鱼。放下去之后，先不要去动它，煎到半熟，看着下几片生姜，在锅边上淋些咸萝卜汁下去，缓着倒一点儿酒进去，慢慢煮，香味出来之后，看着到鱼快做好时，在锅里放上几片橘子皮提一提味，起锅装盘，一上桌香气扑鼻，孩子们欢呼雀跃，连饭都可以多吃两碗。

更神奇的是苏轼还发明了一种青菜汤，名字就叫东坡汤。苏夫人和朝云很喜欢吃这个汤。每次苏轼都是一本正经地去厨房里做好，再端上来给家人们吃。有一次苏迨问苏东坡："爹爹，隔壁的二牛一直说我家的饭菜好吃，还说就连我家的青菜汤都比他家的好吃，他实在纳闷，明明都是一块地里长出的，中间就隔了条菜垄子，为什么一下锅口味差这么远呢？"

苏轼大笑，极为受用。"我的儿呀，就算你把我家种的菜拿去他家煮，那也不好吃。拿他家的菜来我家煮，那肯定也会好吃，为什么？就因为有爹爹我掌勺啊。"

全家哄堂大笑，接着苏轼细细给苏迨说了自己发明的青菜汤是怎么做出来的。"这奥妙就在于我用的是双层锅，上面的一层放着洗好的米，锅下面一层放着洗好的白菜、萝卜、油菜根、荠菜，当然，秘诀就是这一层里面一定要放点姜丝，最后再放上水，火一开，饭熟了，菜汤也成了。”

对于苏东坡来说，在黄州的日子里，他的人生境界已经进入了新的层次，他像是一株沙漠植物，无论外界如何贫瘠，都能自沙漠里开出花，结出果来，还能带着一大家子和和美美，自给自足地过好自己的日子。

如果中国的文人都能有苏轼这样的气度与能力，那么那些一贬官就忍饥挨饿，一拿不到薪俸就连孩子都养不活的文人将少掉多少？的确如是，人生那么长，为什么一在官场上受难，就要拖累整个家庭呢？就要让世间多一个受苦妻子，多几个生来命苦的孩子呢？苏轼若是如此，怎么能得到家人拥护，怎么能得到亲人爱敬？在人生的新征程里，这位诗人，不仅是优秀的父亲，更是称职的丈夫。

从宋神宗元丰二年（公元1079年）到元丰七年（公元1084年）的这段时间里，苏轼为后世留下的诗词不少，正如蔡嵩云所云：“东坡词，胸有万卷，笔无点尘。其阔大处，不在能作豪放语，而在其襟怀有涵盖一切气象。若徒袭其外貌，何异东施效颦。东坡小令，清丽纡徐，雅人深致，另辟一境。设非胸襟高旷，焉能有此吐属。”

昔日政敌的身影

元丰六年（公元1083年），宋神宗开始表露出一些后悔之意。也许他终于意识到，自己对于新政反对派的责罚太重了。慢慢地，李常回到了京师，王巩也获赦回到北方。

王巩，字定国，因受“乌台诗案”牵连，获罪之后被贬宾州（今广西宾阳县南）监盐酒税，要知道宾州当时属于岭南地区，不仅僻远荒凉、气候湿热，而且物质贫乏，生活极为艰苦。

王巩赴岭南时，他所认识的歌女柔奴自愿与其同行，一路患难与共。三年之后，王巩得到陛下首肯，得以北归，到苏东坡家里相见。

当时柔奴出来劝酒，苏轼见一个几年前还是黑发爽朗的汉子，如今却见衰颓了；另一个则一路相随跟去岭南，如今两人相处却似夫妻一般体贴，他笑里带泪，“今见你们俩平安归来，我为什么想哭又想笑呢？不说了，不说了，喝酒喝酒。”此聚之后，苏轼便写了这首词：

常羡人间琢玉郎，天应乞与点酥娘。尽道清歌传皓齿，风起，雪飞炎海变清凉。

万里归来年愈少，微笑，笑时犹带岭梅香。试问岭南

应不好？却道，此心安处是吾乡。（《定风波·南海归赠王定国侍人寓娘》）

苏轼定下心来，觉得人生到了自得其乐的阶段，想着这辈子就这样快快乐乐过着“淡而有味”的生活，谁知又突然被调离谪居地，再度卷入政治纠纷中。

元丰七年（公元1084年）三月，朝廷突然传来消息，他被调到汝州任职。

按传出来的消息说，宋神宗本想叫苏轼执掌史馆，但朝中有人极力反对，最后没办法，只能亲笔下诏，把苏轼的谪居地由黄州移到汝州（临汝）。汝州离京师较近，比黄州环境好，是居住的好地方。

家里人更惊讶，苏夫人担忧道：“夫君，调令怎么来得如此突然。虽然汝州比黄州来得好些，但我觉得住在这里很舒心。”

苏轼点头，“我也是不想去，黄州挺好，在这里我们一家人过得很开心。”

苏轼逃避这道派令，用他自己的话来说，“殆似小儿延避学”。调职的消息传来的两天前，苏轼还在定惠院后山的商氏园内和朋友们欢聚，喝酒聊天。调职令来之后，他犹豫了好几天，不知道该不该申请留居黄州。

他那几天还跑去了商家花园里看花，那里的花，花色比外面浓艳，花香比外面好闻。苏轼专门去店里买了个木盆，大小正好，可储水用来浇园子里的瓜。

一路逛街时苏轼还看到邻居何家有茂盛的橘子树苗，喜出望外的苏轼马上要了几棵苗，笑呵呵地说：这几棵苗正好可以种在自家雪堂西边，到时就有橘子吃了。

“思前想后，新派令是陛下的好意，只想把我从偏远的黄州调到环境更好的汝州，还是不要拒绝的好。”在家和苏夫人商量时，苏轼说出了自己这几天思考的想法。

最后决心服从命令，抛下了东坡的农庄。

多年的辛劳，他造的房屋，他开垦的农田，他种的菊花和茶树，都不可能带走，他不得不在别的地方另辟一个“农场”，更让他担心的是，他的文名与诗名会为他招致祸患。哪怕他官职微小，他的敌人依然对他丝毫不放松。

苏轼接受了调职，按规定上表给皇帝表示感谢。神宗看完苏轼的折子，发现他的文采比几年前更好。神宗不由得说：“苏东坡真是天才。”

可惜这时有人又想挑苏轼的毛病，他向皇帝奏道：“陛下，我认为苏轼仍在发牢骚。”

神宗奇怪地问道：“何以见得？”

“陛下请看，苏轼在这里用了‘惊魂未定，梦游缧绁之中’等字句，又提到他兄弟二人曾通过特别考试，意思是说他们凭策问通过考试，现在却为批评朝政而受罚，这不是在责怪皇上吗？”

这话说得用心险恶，好在皇帝还算清醒，他说：“我了解苏轼，他心里是没有坏意的。”

见陛下心意坚定，不受挑唆，那些人才没有继续说下去。

但现实的问题依然存在，虽然这次把他从黄州调到离京师较近的汝州，地方是好多了，日子也好过一些，但皇帝并未撤销五年前给他定的罪名。所以哪怕到了汝州，苏轼的官职也仍然是一个“不得签书公事”的州团练副使。小小芝麻官，政治处境差，实际地位低。要说唯一的好处，那就是他能自由出入了。

这一年，苏轼已经四十八岁了。人生不觉间将近半百，这些年来，他西去东来，南迁北徙，当心中想沉下来静静过日子时，却又要连根拔起。心情复杂的他在临行前告别黄州父老时，写下了一首词：

> 归去来兮，吾归何处？万里家在岷峨。百年强半，来日苦无多。坐见黄州再闰，儿童尽、楚语吴歌。山中友，鸡豚社酒，相劝老东坡。
>
> 云何，当此去，人生底事，来往如梭。待闲看，秋风洛水清波。好在堂前细柳，应念我，莫剪柔柯。仍传语，江南父老，时与晒渔蓑。（《满庭芳·归去来兮》）

启程后，苏轼趁着这难得的机会，去弟弟苏辙那里住了六七天。两兄弟长时不见，一见面，热泪盈眶，感慨万分。分别之后，苏轼先乘船去了九江，他要把家人接来。几番辗转之后，他于九月抵达金陵（今南京）。

带着家人到达金陵后，苏轼去看望了王安石。两人昔日针锋相对，此时都已经变得平和理性，何况王安石已是疾病缠身的老人，再也没有过去咄咄逼人的气势。但两人一谈到国事和新政时，意见仍不一致，吵归吵，可是谁也没有记恨谁。

看着这位昔日的政敌，苏轼内心不是没有触动。只是苏东坡已经不再是昔日的苏轼，他只是不喜王安石的偏执，却从不曾对王安石的人品产生过怀疑。人到晚年，那些曾经记恨过的，都变成了人生的烙印，回首时都是可以回顾的旧事旧人。王安石和苏轼都才学过人，同为佛教信仰者，两位昔日的政敌此时却能安心在一处谈诗论佛了。

元丰七年（公元1084年），苏轼离开黄州赴汝州就任。一路长途跋涉，旅途劳顿，期间幼儿不幸夭折，汝州路途遥远，一路奔波已经狼狈不已，加上突遭丧子之痛，苏轼上书朝廷，请求暂时不去汝州，先到常州居住，获恩被准。

由南京到靖江的路上，风光秀丽，他一路计划着买地置田。他和家人商量："皇上可以把我由黄州调离，也同样可以把我调离汝州去往别处，不如在常州购置田产，以安身立命。"

家人都表示赞同。毕竟苏轼这半辈子都在不断地奔波，他每到一处就费心给自己寻找晚年养老之地。

苏轼的好朋友滕元发在南岸湖州任太守，因为知道苏轼的心思，几经考量，他劝苏轼到常州区太湖左岸的宜兴住下。在宜兴买好田，然后向朝廷上表请求住在该地，理由很简单，就说农庄是其唯一的谋生本钱。

苏轼爽快一笑，"正如滕兄所言，我现在也只能靠种田种树养活一家数口了。其他的，再也不想了。走了那么远，还是只有田地最为实诚。种瓜得瓜，种豆得豆啊。"

当时滕家有一处田庄，按产量来算的话，每年可产八百担米。虽然位置偏僻了点，到城外二十里的深山里了，但苏轼和家人商量，"如果我们能买下这个田庄，那便再也不用担心日后的生计了。”

于是苏轼托朋友卖掉他父亲在京师留下的住宅，这样一来，他就可以筹钱用来买这处田庄了。

在去买田庄的路上，苏轼还说：“我这人其实最喜欢种树了，不仅会种，我还会自接果木，如果有机会我肯定会买一小园种个三百棵柑橘树，种成一个柑橘园。”

苏夫人笑道：“那你不成了柑橘居士了吗？”

住在张方平家时，苏轼还遇上了一件叫人感慨的事。

张方平设宴款待他，席间他认出张方平儿子的侍妾就是前黄州太守的宠妾。她叫胜之，太守当初最宠爱她，她的吃用都是最好的。那位太守是苏东坡的好友，后来不幸亡故，所以胜之只好改嫁到张方平家。席间宾主尽欢，但苏轼想起往事却几度红了眼眶。

胜之也注意到了苏轼的异常，但她心思简单，礼貌向苏轼一笑，便转头和别人聊了。

苏轼一看，心里很不舒服。后来他和别人说：“能不纳妾便不纳妾，你看黄州太守的宠妾胜之就知道我为什么这么说了。”

朝云知道这件事之后，倒是说了一句：“也许有些话胜之也不会说出来吧。”

苏轼听完之后，默然不语。他口无遮拦的脾性依然是没有变，一见之下就把胜之归到了不念旧情那类人里。其实，按苏轼的心性来看，他的感怀是想起了故人，但在胜之眼里，一切都已经是过去式了，哪怕有再多的感怀，与人说，或不说，都是她的自由。

不同的角度，不同的结论，也无须再论谁是谁非了。世间的事从来不是黑与白，太多时候都是灰与尘夹杂，落到最后，谁也理不清本来面目究竟如何了。

不久又传来一个消息，宋神宗病了，而且病情发展迅速。三月一日他的母亲——英宗太后开始摄政，三月五日皇帝驾崩，三月六日朝廷就降旨准苏轼暂住在常州。

英宗太后一直对苏轼另眼相看，青睐有加。

命运的齿轮瞬间逆转，一家人又搬回常州宜兴县。元丰八年（公元1085年）四月三日，苏轼带着家人离开了南都。五月二十二日抵达宜兴县的新家。

苏轼非常喜欢这里，还因此赋诗一首。

十年归梦寄西风，此去真为田舍翁。
剩觅蜀冈新井水，要携乡味过江东。
道人劝饮鸡苏水，童子能煎莺粟汤。
暂借藤床与瓦枕，莫教辜负竹风凉。
此生也觉都无事，今岁仍逢大有年。
山寺归来闻好语，野花啼鸟亦欣然。
（《归宜兴留题竹西寺》）

这里山水有情，风物美妙，空气湿润而洁净，满眼翠色。苏轼带着家人们兴致勃勃地到处看地，看田园。一边看一边规划，这里可以种果树，那里可以挖成池塘，放上鸭子……

可到宜兴才十天，定居的计划初具雏形，朝廷就让苏轼复官了。确切地说，是英宗太后准备启用苏轼了。

苏轼被任命为登州（今山东文登县）太守，这让他十分诧异。

“这些都是京师的传闻，怎能相信？怎么能相信那个谣言满天飞的地方，我原来写首词，小舟从此逝，谣言还说我跑了呢！”家人也不敢相信，苏夫人说：“最近的四月十七日官报也并未提及此事。”

苏轼心乱如麻，没想到几天后官方派人来到，证实了这一消息。

全家人欣喜若狂，但苏轼心里却毫无波动。“青云飞步不容攀”，他甚至在给米芾（字元章，宋代大书法家）的信中说：“某别登卦都，已达青社。哀病之余乃始入闹，忧畏而已。”

最终，苏轼还是接受了官职。

因为掌权的是太后了，这位雍容华贵的太后，正用清醒而理性的态度改变着局势，司马光被任命为门下侍郎，相当于副宰相。有趣的是，司马光上任时，太后还派武装卫士到他家直接“护送”他去公署，怕他接到圣旨不肯赴职或拖延时间。

苏轼后来知道时，笑得不行：“没想到，还有比我更怕的。太后也真是神机妙算了。”

于是，苏轼六月动身，前往山东海岸的登州。一家人由胶州附近走海路、乘船绕过山东半岛，于当年十月十五日到达登州，五天后又奉诏赶往京师。元丰八年（公元1085年）十二月抵达京师。

纵观苏轼这一生，他经常得到太后的庇荫：原来的仁宗皇后曾在审讯中救了苏轼一命，如今的英宗皇后又提拔他做了大官，晚年若非神宗皇后摄政，苏轼很有可能被流放海外直到生命的最后一刻。苏东坡生活的宋代，他经历的四位皇太后都很贤明。

太后摄政之后，王安石变法时期推行的一切法令措施都暂停或废止。苏轼进京入朝后，还是那个朝堂，还是那个金銮殿。

他到京师八个月，官位升了三回。根据古制，官分九品。短短几个月，苏轼由七品官升到三品官，居翰林院，负责起草诏书，此时他四十九岁。

那一天，夕阳如醉，苏轼曾经满是老茧的双手现在也慢慢恢复柔软。如今他站在这里，代表的是十几年颠簸生涯的各色人事，还记得杭州的美景，还记得密州的黄楼，还有徐州……

正因为知民情，懂民心，所以苏轼才会说出："一切政策法令，前后应该互相衔接，这样才容易成功。做每件事情，只要一点一点地逐步进行，那么百姓就不会受到惊扰。"

因为苏轼深知，太后想恢复被王安石新政打乱的社会秩序，但是新政已经实施了十几年，百姓的生活已经发生了改变，此时一味强改，只会取得反效果。

不久苏轼被任命为翰林学士。元祐二年（公元1087年），苏轼兼侍读。他每次进宫侍读，当读到治乱兴衰、邪正得失的时候，都反复开导，希望皇帝有所领悟。哲宗皇帝年仅十岁，虽然不语，但还是肯定了苏轼的看法。

那些日子，哲宗小皇帝的眼里依然还有着懵懂，他细嫩的手抚过书页时，苏轼总忍不住想，"多年之后，这双手就将掌控天下了。"

他们曾经拜读祖宗《宝训》，涉及时事，苏轼一个问题接一个问题向小皇帝进行分析，说："现在是赏罚不明，善与恶没有人勉励和阻止，如黄河的水势正向北方流，却要强迫它向东流；西夏入侵镇戎（今宁夏固原），屠杀和掳掠了几万人，瞒而不报，必出大事。”

苏轼任翰林，常闭门锁居禁宫中，在此期间他亲手起草了八百多条诏命，每一条都显露了他过人的才学。他逝世后，另一位学士接替了这个工作。一天，这位学士特意问了一个伺候过苏东坡的老仆人：“你看，我这写的诏书比东坡学士何如？”

老仆人抬了抬眼角，看了看这位文士写的诏书，答了一句：“苏轼的文采也许不及大人吧——不过他从来不翻书作文。”

苏轼的才华似乎带了一种原罪，相当轻易地就引起了别人嫉妒与毁灭的欲望。苏轼对政客小人的嫉妒十分厌恶，多次请求免去翰林官职。

有一天苏轼坐在堂中，太后召他入宫，小皇帝哲宗坐在祖母身边。苏轼起草完吕大防拜相的诏书，稍稍缓了缓因写字而僵硬的手腕，抬眼一看，太后正看着他。

太后说：“先帝每次读到你的文章，总是感慨地说：‘奇才！奇才！’连太监们都知道，如果先帝吃饭时半天没动筷子那一定是在看你的文章。他有心重用你，奈何还没有来得及就去世了。”

苏轼第一次听见这些，听完之后不由得悲从中来，失声痛哭。往事件件涌上心头。想想自己新科及第，不想之后十几年却一直被贬谪。太后和哲宗皇帝也深有感触，这十几年来，发生的事情太多太多了。

随后，太后和哲宗给苏轼赐座赐茶，叙话之后苏轼离开时，太后命太监取下御前的金莲烛，照着路送他归院。

一步一步，金莲照路，却照不亮苏轼心里那片永远也填补不了的空缺。那些失去的，此生再也回不来了。史书上说公元1085年宋哲宗即位，高太后以哲宗年幼为名，临朝听政，司马光重新被启用为相，以王安石为首的新党被打压。苏轼复为朝奉郎知登州（蓬莱）。四个月后，以礼部郎中被召还朝。在朝半月升起居舍人，三月后升中书舍人，不久又升翰林学士知制诰，知礼部贡举，一时风光无限。

救民慌恩泽杭州

那年春节快要临近的时候又下了一场雪，雪很大，铺满了街道，地面上的雪被来来往往的人们踩得坑坑洼洼，大大小小的脚印把雪白的雪地绘成了一幅深浅不一的画。放眼望去房顶和树梢一片素白。一些破败的胡同里，肮脏的雪水污浊泛黑，在墙角积成一滩。紧闭的门户上还贴着去年的对联和窗花，颜色已经很浅，潦倒颓败。只有主街上依然是热闹喜庆，张灯结彩，五彩的条幅和大红灯笼处处可见。

在这冷暖不均的世界里，冬季白亮惨淡的日光照着这座都城的大街小巷。十几年如一流转，此时苏轼的名气达到最高峰。天下文人崇拜他，太后重用他，得以享高官厚禄。可是他为请议所受的苦远超过任何人，因此也备受推崇。盛名之下，责任更重。任何一句是非，都有可能直指他的心脏。因为他的每一句话，都将影响舆论导向。

不久，司马光去世，苏轼成为当代第一学者。虽然他不是当朝宰相，但大家公认他的声望高于众官。让他高兴的是，弟弟苏辙也平安回到了京师，于元祐元年（公元1086年）担任御史中丞，次年升为尚书右丞。

“子由，为兄今天终于彻底放下心来。”苏轼看着自己的弟弟，感慨万千。

“哥，没事了，一切都好起来了。”子由劝道。

身后的木头架子上摆了十几件古器，以金铜佛像居多。这华丽的宫廷却让苏轼想起了自己的雪堂，如果他还在那里，想必又是一片新景致了吧。

而好消息还不止这一个，那些受“乌台诗案”牵连流放南方的朋友如今也都官居要职，包括王诜驸马、王巩等在内。苏轼在黄州的老朋友特意赶来京师探望他。几年前和苏轼通信的黄庭坚也来见苏轼，正式拜在他的门下。

多年来苏轼在信中曾一再称赞过四名学士，大大提高了他们的名声，大家公认，黄庭坚、秦观、张耒、晁补之是“苏门四学士”，后来又加了李廌和陈师道两人，成为“苏门六学士”。只是苏轼的性格始终无法改变，他自己也知道，“我性格太差了，哪怕是稍微能遮掩一下，也不至于惹上这么多非议。”可转头一想，“如果遮掩了，那还是我吗？”

一边是盛极一时的名声，一边则是事事防备他的非议，宋朝的官制容易形成小团体，最终形成党争。元丰元年（公元1078年），意识到这个问题的朝廷曾尝试通过改组来简化官制，但这一次的尝试后仍然没有专责的宰相一职。内阁的连带责任并无明文规定可以让宰相和阁员成为一体。所以司马光一死，政治场上的人不会论文学价值而改变对一个人的态度，不同派别之间从来就是互为死敌。比如以理学家为首的“河北派”“河南派”，和以苏轼为首的“四川派”。可笑的是，由记载和苏轼的退意来判断，他根本不知道“四川派”是什么意思。但是政敌不放过他，一心要与他狠斗。

元祐元年（公元1086年）十二月中到次年一月十一日，朝廷收到四五篇弹劾苏轼的状子，一月十二日，太后命朝臣不要再进言。

太后的懿旨笔墨未干，那批人就已抗命，于次日又上表论奏。

从早晨到晚上，天地之间是忧郁的阴寒，放眼望去，宫墙是一路的荒凉。苏轼不想答辩，却四度上表请求离京。十六日，太后在朝臣面前为苏轼辩护，甚至有意处罚弹劾苏轼的人。

太后的态度震动了他，这时苏轼决定不求外放，要为这件事争斗到底。一月十七日他写了一封两千字的长信给皇帝，点明立场，责备政客小人。他维护允许意见不一的原则，最后朝廷在二十三日下令苏轼留任原职。

为了报答太后的赏识，他更坦白、更直率，在此后的两年中，他上交了不少策论和表状，争取能更多更好地解决一些问题。议论发表得越多，他的反对派们自然越忌恨他。苏轼如同置身蛇窝中，苏夫人最明白他："夫君，到京师不过两年，你白发越来越多，每日低声叹息，身体越来越差。如此说来，当初真不如不要留在这里，黄州虽苦，却幸福安康！"

苏轼心有戚戚焉。"夫人，我怎么会不知道这些情况。但这哪是我们选择得了的。不过，现在可以躲一躲了。"

一再请求之下，元祐四年（公元1089年）三月十一日，苏轼以龙图阁学士的身份出任杭州太守，领兵浙西，管辖六区，包括现在的江苏。

临行前，依然是这京师，依然是这城墙，苏轼的心中装着的却已不再是曾经的心事了。八十三岁的老臣文彦博特地来送他，劝他不要乱写诗。苦口婆心，皆是惜才之意。

苏轼跨在马上，大笑说："我若写诗，有一大堆人等着要替我做注解呢！"苏轼明白，自己只要一写诗，那些争相给自己上眼药的人，马上就会为他的诗增添一堆所谓的注解，都是为了借机打垮他。

元祐四年（公元1089年）七月，苏轼再次抵达杭州。这是一次抵达，更是一次回归。这一次，他担任浙西军区钤辖兼杭州太守，时年五十四岁。

他弟弟苏辙由户部侍郎升任吏部尚书，官运亨通，得以封翰林学士。受朝廷重用之后，那年冬天苏辙奉命出使契丹，历时四个月后妥善处理一切归来，赢得朝野称赞。

再一次回到这个美丽的城市，苏轼心绪难平。杭州的西湖映月仍在，湖上风月烟霞依然在。西湖边垂柳依依，游人如织。

苏轼感觉像是久别回家之人，而杭州百姓听到他回来，都前来欢迎，他们夹道欢迎着归来的父母官。苏轼不由得红了眼眶，眼前是人们欢畅的笑脸与歌舞，声音喧哗嘈杂，汇成声浪，喜庆的大红大黄之色充满了所有视线，人们畅饮欢笑，心中感恩，他们的苏大人又回来了。

在这里，苏轼下定决心为杭州再添福祉。当时的太守官署在杭州市中心，为了更好地进行工作，苏轼选择在葛岭寿星院一栋幽静的小屋内办公。

他在寒碧轩或雨奇轩内看公文，雨奇轩因他的西湖诗中"山色空蒙雨亦奇"一句而得名。有时候，他会去专门找个静心的地方办公。这一走就是离城十余里的高山，一般他是乘船由涌金门穿过湖泊向西走。这一池碧波，成就了一方山水。一路上景致盎然，放眼依然是满眼的绿。在普安寺用餐后，静心如思，苏轼会带几个文书到冷泉亭，一边谈笑一边完成当天的工作，批决公文“落笔如风雨”，办完事和僚属喝一杯，傍晚再骑马回家。

苏轼即便忙到再晚也是一脸喜气洋洋地回家，“离了京师，在杭州连呼吸都畅快了。”

一个老翁，一身官服，却是笑意不减。他要照顾好杭州，就像游子归来要好好照顾家人一般。苏轼尽力支援州学学士，那时的杭州城存在许多问题：官舍陈旧，军营漏雨，军备残破不堪，城门楼的屋顶可以望见天空。这些都是百年以上的建筑，是钱王时代建立的。阴雨的天气，绵延不绝的雾，津台雾锁。远处高大的乔木微微摇晃，前几任太守曾自筑新居，撇下旧房子，甚至曾有一栋房子倒塌，压死过人。

苏轼专门向太后上书，要求拨款四万贯重新修筑杭州城里所有的官舍、城门、楼塔、谷仓，算下来一共是二十七处场所。要知道当时的杭州已经有了五十万人口，却连一处官家医署都没有。而且杭州本身人流量大，人口多，再加上钱塘江口地带海陆游客云集，南来北往频繁，很容易传染瘟疫。

苏轼到杭州不久就遇上了一场大瘟疫。他几经打听，听说有几种药方相当灵验，让医师验过之后，苏轼令人用大字抄下药方，以布告方式贴在人口稠密处，大为宣扬，让普通百姓都知道。布告虽然贴了，但苏轼对于这种零碎、没有组织的救病工作并不满意，他从政府金库中划拨出了两千缗，自掏腰包捐了五十两金子，在中心众安桥建了“安乐坊”，这也许是中国第一所公立医院。

安乐坊建成之后，杭州百姓终于有了一处信得过的地方可以看病了。很多人大老远赶过来，就是为了来看病。每天安乐坊的门口都排着长队，都是来看病抓药的百姓们。粗略一算，三年里安乐坊至少为一千个病人看过病。后来病人越来越多，搬到湖边之后才改名为“安济坊”。这座安济坊在苏轼离开后还继续经营着，成为了杭州人民最信赖的医馆。

但是当时令苏轼最伤脑筋的是还是杭州的用水问题。因为杭州市区有运河，长年累月的淤泥让市区居民用水极为不便。从杭州建市起，唐朝时一位大臣曾经开发过西湖，那一次的开发让整个杭州城中居民有了清水。但积年累月下来，到苏轼之前，杭州西湖其实在不断缩小，水越来越少，几乎半个西湖已被葑草覆盖。

苏轼决心疏浚西湖，由工程难度来看，这是一件小事，只要清除野草就行了。苏轼请教前辈，天天都在西湖边守着，记录和视察着运河水位的情况，最后制订出了一个清淤、清理整个运河区的计划。这是苏轼在杭州最大的一个工程，从十月份，一直到次年四月才得以完成。

上书朝廷之后，苏轼的请求得到获准，他马上招募了几千名工人和船夫开始动工修湖。因为做事效率高，待遇好，又是为自己家乡做事，所以请来的工人们干劲十足，这项工程仅用四个月就完工了。那些天里，苏轼每天都在西湖边上守着，人虽然瘦了，眼睛却明亮得像一盏灯。

每日监督着工事的进展，一日他灵光一现，决定用挖出来的野草和泥土建长堤。当时湖岸房舍密集，有不少富家宅院立在岸边，但是西湖湖面宽，如果住在南岸的人要想步行到北岸，那么就必须绕过两里的岸边。苏轼的设想是把长堤修成直线，这样一来，不但可以帮助行人缩短行程，还能处理掉挖出来的淤泥和野草，长堤还能变成雅致的漫步场所。这道长堤便是如今著名的西湖苏堤。

在苏轼的设计下，用野草与泥土构成的长堤上有六座拱桥，共建了九座亭阁。因为这一壮举，苏轼成为整个杭州城的荣耀和百姓交口称赞的父母官。在其生前杭州人就把其中一座亭阁立作他的生祠，里面挂了苏轼的画像，经常有人进去膜拜，一边追思他的功劳，一边祈祷他安乐安康。

生祠这件事对苏轼震动很大，他口中自谦“受不起，也不敢受”，心里却感动不已，杭州百姓待自己简直就像自家人。

当然，如何使西湖永远不生葑草也是一个大问题。苏轼灵机一动，他把岸边的湖面开垦了出来，交给农夫种菱角。为了提高菱角的产量，农夫自会定期负责除草工作。

供水问题和运河交通同等重要，为了做好这件事，苏轼试行了不少措施。他先是把西湖的山泉引入了城内。本来围绕着西湖就有六个水库分布在城中，可惜由于净水干管损坏，经常吃不到干净水。要知道十八年前苏轼到本区担任过通判，他在任上时曾经协修过干管，所以他非常清楚干管的情况。时隔十八年，现在西湖布满水草，草根夹着淤泥，湖床不断升高，干管损坏，市民都喝带盐的水，不然就要花钱买湖水，每斗水要一文钱。

苏轼请教以前曾监修过干管的老和尚，老和尚说：“干管由大竹筒接成，不能耐久，最好把干管全换成陶制韧管，上下以石板保护。”

苏轼闻言，当下大笔一挥：“全换成陶管！”

要接通长达几百米的陶管，由一个水库通向另一个水库，苏轼怎么不明白这是一个昂贵的计划？而苏轼更进了一步，他把湖水引入北郊的两个新水库，供应军营用水。他身为军事统领，派一千名士兵工作，将一切都办得十分妥帖。

这套工程系统发生作用后，运河水深八尺，城内供水源源不断，疏通城内盐桥河的费用也免除了。在大众心中，苏轼和西湖今日的面貌仍有很大的关联，杭州因西湖得到“人间天堂”的美誉，山如含情，苏堤横呈，山水若有情，也会欣喜于遇见了苏轼吧。

苏轼想做的还有很多，他还想开发江苏运河系统，在苏州城外施行拖船驳运计划——日后开发阜阳的西湖，与杭州西湖异曲同工。但没等他去实现这些计划，朝廷再次把他召了回去。

命运转折，被贬南岭

哲宗元祐六年（公元1091年），苏轼被召为吏部尚书。事出突然，苏轼人还没有到达京师，又因弟弟苏辙被任命为右丞，而临时被改授为翰林承旨。弟弟苏辙接到消息之后，表示不接受右丞的官职，说希望同哥哥一起充当从官，但这一提议未被朝廷允许。

苏家两兄弟都位居高官，他们的政敌更是惊慌，对他们展开了猛烈的攻击。苏轼和苏辙一直争论该由谁出京，以使另一个人免受猜忌。苏轼决定出京，但苏辙说弟弟该让哥哥。苏轼一回京就遭到御史们的猛烈攻击，他更加想撤，于是献上辞职信。苏轼愈是要求离京，政敌们愈觉形势严重，他们甚至说苏轼上表辞职，是想借此施压谋求相位。

苏轼很无奈："待这被你们骂，走又不准走，到底是要我怎么办？"

苏轼五月二十六日抵京，仅在京师任上待了短短三月，就于八月五日以龙图阁学士知颍州（今安徽阜阳）军州事。这里是一处广阔天地，处处都是蓝天、白云，阳光下各色艳丽的野花疯长，青草的叶面亮得像一面镜，雨水稀少，田地里草比作物还要茂盛。

那一年颍州收成不好，苏轼在颍州待了八个月，看到灾民成群结队，由西南向淮河北岸进发，农民撕下榆树皮，与马齿苋、麦麸一起煮着吃。流寇滋生，老弱倒在路边，年轻力壮的就加入盗匪行列。看到这些状况，苏轼只能竭力救济灾民。离开京师之后，苏轼觉得自己像是一棵再也没有了归属的浮萍，随处漂流。

元祐七年（公元1092年）二月，苏轼奉调扬州。这里气候湿润，清晨，袅袅雾气久久不散，野地里回荡着鸟鸣，秋日山岭里还会有大片金色的树林。

苏轼的长子在外地任职，所以他便带着小儿子在途中各地参观。他遣开侍从，到乡下和百姓聊天。他看到王安石变法的遗祸，大地到处都是青翠的麦田，许多农舍却空空如也——农民最怕丰年，因为当地官吏和士兵会来逼他们还青苗法的本金与利息，还不上的就要被抓入狱。

苏轼到达扬州，曾上表说“丰凶皆病”，老百姓在凶年的饥馑和丰年的牢狱之灾中进退不得。在扬州的夜晚里，苏轼无数次看着皎洁的月光拨开夜幕，从高高的树桠流泻下来，光线随着云的飘逸不断变化，山林里鸟雀大于人声，这里的百姓们早早逃了。

元祐八年（公元1093年）秋天，有两个女人走了，一个是苏轼的枕边人，即续妻王闰之，另一位则是一直支持着苏轼的太后。苏轼的命运再次发生转变。

八月一日，苏夫人去世。在苏夫人临别之际，苏轼握着夫人的手，一直陪伴她到了生命的最后一刻。

九月三日，太后驾崩。苏轼夫人去世之前的那段时间，苏轼的福禄堪称达到人生最高峰。王闰之离开得恰是时候，没有看到之后苏轼的潦倒生活。但失去了夫人的苏轼，一身孑然地站在灵前，发青的脖子，还有疲累的黑色眼圈，都喻示着他失眠的苦夜。生死有命，哀荣再盛也弥补不了苏轼的心痛。

苏轼由扬州回京，那时就是这样，妻子死后，丈夫不能为其守丧，苏轼只能马上上任，先后当了两个月的兵部尚书，十个月的礼部尚书；他弟弟官拜门下侍郎。

苏夫人曾陪皇后祭拜皇陵，享受贵妇一切的荣宠。苏轼的孩子们都已娶亲，此时都选择留在母亲身边。苏迈三十四岁，苏迨二十三岁，苏过二十一岁。苏夫人的葬礼非常隆重，她的棺木放在京师西郊的一座佛寺中。佛寺四野一片绿色，冰蓝色的洁净苍穹之下，阳光在庙宇之上透出幽幽的七彩。

十年后，他们夫妻合葬在一起。苏轼为夫人写的祭文古雅质朴，这位贤妻良母，待先妻的儿子如同己出，还为他操持了一生。

他说她分享他一生的起伏荣辱，心满意足，希望自己将来要和她葬在同一墓穴。百日之后，苏轼请名家李公麟画了一张十菩萨像，祭献给她，还叫和尚做法事，保佑她平安升入极乐世界。

太后——神宗的母亲，哲宗的祖母一直是苏轼的守护神，她一去世苏轼马上倒霉，她摄政时的其他大官也一一遭殃。贤明的老太后早就感到政风将变。哲宗处事轻率，脾气暴躁，最糟糕的是，哲宗对祖母怀有恶感，太后心里也明白，这些应该是王安石的党徒故意挑拨所致。

太后去世前十天，范纯仁和苏辙等六位大臣前去探病。范纯仁是名臣范仲淹之子，颇有其父的风范。

“我时间不多了，”太后说，“再也不能看顾你们了。无论如何，万望你们侍候好小皇帝，莫让这大宋江山枉送他人之手。”

太后一死，苏轼就奉调离京。他自己请调，被派到最麻烦的区域，统领河北西部的军区，担任步兵和骑兵领帅，衙门在河北定州（今定县）。根据宋朝体制，军事将领都是文官，由将军担任副职。苏轼任期不长，却证明了哪怕是文人，哪怕只是诗人画家，也可以指挥军队。

军政腐败，士兵薪饷低，衣服破，伙食差，军营一塌糊涂。贪风很盛，军纪松弛，官兵酗酒赌博，样样都来。这种军队是无法临战的。苏轼一就任，就着手修营房、整纪律，将贪污的官吏革职议罪，改善军人服装和伙食。苏东坡开始喜欢在夜里的树林里散步，寒冬之夜里有着极致的静谧，月明星稀，深深浅浅的雾气缭绕，洒在积雪上的皎洁披上了一层光晕。天地无声汇合，高大的桦树褪尽了平日里的琐碎，只剩下枝丫朴素的美。

太后去世后的第二年，哲宗改年号为"绍圣"。绍圣元年（公元1094年）四月，章惇为相。章惇曾是苏轼的好友，王安石当政期间，正派学者大都因抗议而去职，章惇却一步一步往上升。他拜相后，马上把老党徒扶回高位，这些人都以残忍、奸诈而知名。

太后摄政期间，章惇曾被监禁，如今他开始疯狂报复。当年王安石罢黜反对派跟这次的迫害相比，简直是小巫见大巫。苏轼自不用说，就连已经亡故的司马光和吕公著也难逃一劫，他们在坟墓里也不得安宁，先后两次被削去封号和官衔。

那些在土地下沉睡的灵魂们，已经没有人敢去祭奠。四周零乱丛生的蒿草和野花，迎着漫天悠扬而清亮的晚霞，随着轻风微微摇摆，这是苏东坡记忆里他们坟冢的模样。这些人沉默了又沉默，他们萋草离离的碑文上，此刻却被泼上污名。

这样还不够，章惇又劝皇帝挖司马光的坟墓，鞭尸示众，幸好哲宗没听他的。

章惇拜相后，他的巨斧首先落在苏轼身上。

苏轼最先被贬到广东高山南部，通称为“大庾岭外”的地区，他被削去官职，调任英州（今广东英德）太守。苏轼察觉到眼前的变化，但他并没有考虑这一次问题会严重到什么程度。太后去世时，他即将到定州任职，当时皇帝不许他上殿辞行，他已预感到事态严重。

那一天，他站在山冈上，远处便是一处水域，遍布浓浓的雾气和芦苇。山冈上夜已经浓了，星月清辉，他第一次感觉到了孤独。八年来他断断续续教过小皇帝，十分了解皇帝为人，但是他并不明白以后的命运，还好贬到英州当太守并不怎么辛苦。

元祐年间他所拟的王安石亲党的解职令此时成了他的罪名：“诽谤先帝”。接到贬谪之后，苏轼由华北动身，要走一千多里地到岭南。他一生东飘西荡，这一次，不过是又一次启程。

他年届五十九岁，看过了太多荣辱起伏，已不会轻易被新局面吓倒。

“这世间，还有我苏东坡去不了的地方吗？”

自嘲般的笑言后面，是他平静通透的眼神。

苏辙此时在汝州任职，他是绍圣元年（公元1094年）三月被贬的，几个月后，又奉调转往高安。汝州离京师很近，苏轼先去向弟弟争取财政的支援。

苏轼不善于理财，太后摄政九年间他官运不错，但他一直调来调去，几乎没有积蓄，另一方面弟弟苏辙不断升迁，最后当上“宰相”。

苏轼去汝州，苏辙给了他七千缗供其家在宜兴定居。苏轼从苏辙居处回来，发现他的官阶又降了一次，英州的派令倒没有更改。此时秋霜已经把芦苇染成枯黄，南归的大雁驮着铅灰色的积云，秋风萧索，不知道为什么，苏轼突然说："宦游这么多年，子由，最近我又想起了在蜀地的生活。"

是啊，记忆里童年皎洁的月光漫过门槛，在堂屋地上切下一块明亮的银霜。到了后半夜，铺在地上的苇席凉得刺骨，熏过的苦蒿挂在屋子的房檐上，驱散蚊虫的同时散发着浓烈的香味……

"哥，你还记得我们的约定吗？"苏辙问他。

"记得，早些还乡，一起隐退。"苏轼笑了起来。

苏辙也不再说话，那个梦想，似乎已经变成了一个遥远的幻想。

元祐九年（公元1094年）六月，苏轼又一次遭贬，他不再任太守，被改派到广州东面的惠阳（今广东惠州市）担任建昌军司马，不得签书公事。苏轼上书请愿，希望皇帝同意他坐船离开，算是对老师的一项恩赐，他担心走千余里的陆路，自己会病死在路上。哲宗批准了他的请求，苏轼把全家——包括次子苏迨和三个儿媳妇都遣回宜兴，只带幼子苏过、朝云和两名老女佣同行。苏轼门生张耒当时在靖江担任太守，派了两名老兵一路侍候他。迫害元祐学者的事态越演越烈，很快三十多位高官都莫名遭到了流放。

苏轼乘船而行，船到九江以南的鄱阳湖，又传来第四次贬官的诏书。这一次，苏轼被贬为宁远军节度副使，剥夺签书公事之权。

绍圣元年（公元1094年）十月二日，苏轼抵达惠州。

他先后两次寓居合江楼和嘉佑寺，有一次夜间借宿于一间废弃的茅屋。屋顶已经坍塌，屋子里连床架都没有了，只有四面将倾的土墙，淡淡的光线从屋顶破洞上倾泻而下，地上点点光斑是月光的影子。灶台上空空如也，什么都没有了，就连小虫子听见人声，也都扑棱棱地飞走了。

苏轼笑道：“如能给我三天，便能把这里变个模样！”他应该是想起自己白手起家的种种了。

在被贬途中，路遇阔别多年的老友苏坚。当时苏坚被命赴澧阳（今湖南澧县）任职，两人途中相遇，行脚匆匆，暮年远别，泣泪交加。这次短暂的相聚之后，今生也许都无法再见了。

也许是经历的悲欢太多，苏轼在惠州一住三年，对所遇的一切都淡然处之毫不为意。和他共处的人，无论贤愚，都能得到他的欢心。惠州是亚热带地区，两条河从北面流过，在城东会合。最开始苏轼住在官舍里，两河交汇口的“合江楼”上，可以看见大江流过城市，对岸归善县的山城立在陡坡上。大小石头林立岸边，悠闲的百姓正在钓鱼，正北是罗浮和象头山。

苏轼为对岸松风亭所写的短记最能表达他的人生观。他搬到嘉佑寺，常常在山顶的小亭里散心，有一天他准备回家，在亭子里看过去，家正好高高地出现在树顶。太远了，苏轼有些不想走了。

转念一想，此间有什么歇不得处？他想通了，仿若挂钩之鱼，忽得解脱。为什么一定要回家呢？这里也一样可以睡觉。

苏轼又恢复了自己的本性，于是写信给朋友说，自己到这里半年，身体已适应这里的气候，心中无忧无虑，又开始自由自在地结交朋友，四处游历。

清夜无尘，月色如银。酒斟时、须满十分。浮名浮利，虚苦劳神。叹隙中驹，石中火，梦中身。

虽抱文章，开口谁亲。且陶陶、乐尽天真。几时归去，作个闲人。对一张琴，一壶酒，一溪云。（《行香子·述怀》）

苏轼向往的生活，便是“作个闲人”，一路风霜，从京师到南国，从蜀地到这里，都是被命运推着走。黄州老友写信说要来看他，苏轼回了一封信：

到惠将半年，风土食物不恶，吏民相待甚厚。孔子云“虽蛮貊之邦行矣”；岂欺我哉。自失官后，便觉三山跬步，云汉咫尺，此未易遽言也。所以云云者，欲季常安心家居，勿轻出入。老劣不烦过虑亦莫遣人来，彼此须髯如戟，莫作儿女态也……长子迈作吏，颇有父风。二子作诗骚殊胜，咄咄皆有跨灶之兴。想季常读此，捧腹绝倒也。今日游白水佛迹，山上布水三十仞。雷辊电散，未易名状，大略如项羽破章邯时也。自山中归来，灯下裁答，信笔而书，纸尽乃已。三月四日。（《答陈季常书》节选）

别人都说这里是蛮夷之邦，在苏轼看来，这里反而很是闲适，美名在外的他很快就有了朋友。

惠州邻近地区的官员纷纷趁这次机会来结交这位名诗人。苏轼在这里有一个小院子，院子中间有一口天井。青苔啃噬着墙角，为这里添了一地颓败的阴凉。苏轼知道岭南潮湿，于是会尽力去搜集木炭柴火，时时点燃烧着，用火焰烘干无处不在的潮气。“大夏天烘潮气，烘完一身烟火气。”苏轼嘴里念叨着，就这样无意间他又脱口一句名言。

苏轼的两个儿子住在宜兴，一直没得到父亲的消息，十分挂念，苏轼得知后，说：“这很简单！惠州又不是天上，你一直走，总会到的。”等他们找到苏轼时，他们一脸黑皱皱的，脚上都走得长茧子了。

另一位道士陆惟忠跋涉两千里来看他这个老乡，却是因为一瓶酒。当时苏轼发现了一种新酒“桂酒”，他半开玩笑写信给陆惟忠说，“来喝酒吧，这桂酒这简直是天神的甘露。快些来吧。”陆惟忠一接到信，二话不说就来了。

有时候太守詹范会领厨师带酒菜到苏轼家吃一顿。苏轼常到白水山游玩，有时候和儿子去，有时候陪太守或新来本地的客人。到惠州后，发现此地每一家都会自己酿酒。他喝到第一口蜜柑酒时，就感慨着自己终于在遥远的边区找到了真正的友伴。他给朋友的信中一再赞美本地的酒香不凡，微甜而不腻，使人精力充沛，红光满面。

作为真正的酒痴，他曾写诗大夸这种酒，说人喝多了觉得飘然欲仙，可以飞天涉水。他还跑去学了酿酒的秘方，刻石为记，藏在罗浮铁桥下。

为了能常常品到好酒，苏轼还自己造酒，正如他自己所说：“我做农活是一好手，自己会酿酒就再也不需要配合别人的时间了，想喝多少酿多少。”

他在定州任职数月，就曾试造过蜜柑酒和松酒，味道很好。这次到了惠州，有什么就用什么，苏轼兴致勃勃地说他还酿过桂酒和米酒。

自从姐姐去世，苏轼父亲和姐夫一家断交，他们兄弟四十二年没有和姐夫程之才说过一句话，写过一封信，不过他们和程家其他的儿子倒有书信来往。

章惇得知这个怨隙之后，大喜过望。他正愁没有办法整治苏轼，这下就有办法了。

很快朝廷就派程之才到南方担任提刑，处理重大的诉讼和上诉的案子。程之才绍圣二年（公元1095年）一月抵达广州，那时苏轼刚来三四个月。苏轼不知道程之才是不是有心忘却前嫌，他透过一位朋友送了一封正式的拜函给程之才，此时程之才已年届六十，他很想和苏轼重修旧好。

程之才曾求他为祖先写一篇短传，那人就是苏轼的外曾祖父。也许血浓于水，也许整个眉州都以大诗人为荣，程之才和苏东坡的关系日渐变好，彼此互寄了不少书信和诗篇，后来苏轼还求助于他。

程之才听苏轼的话，的确为这里的百姓做了很多实事。绍圣三年（公元1096年）大年初一，博罗发生大火，全城都烧毁了。要放粮救济灾民，建立暂时的居所，防止有人抢劫。衙门全毁，需要重建。苏轼一直以来都心系百姓，他见政府为重建而乘机剥削人民，地方政府强征物力和民力，便设法叫程之才通令地方政府，维持市场的货源，不许强征民贷。他说，否则“害民又甚于火矣”。

他也开始关心本城的改善工作。为了给百姓带来福祉，他专门与程之才和太守、县令商量了半个月，为这里新建了两座大桥。大桥的位置是经过深思熟虑的，其中一条横越大江，另一条横越惠州的湖泊。建桥的时候，最让人意想不到的就是苏辙的侍妾朝云，一上来就捐出一大堆朝廷当年送她的金币。

从事这项工作期间，苏轼还做了一件令百姓感激的事情，就是公家建了一个大冢，用来重新安葬无主的孤骨。

苏轼失去权位，又是当权者的眼中钉，早已没有了年轻时“责君至善”或改变衰国命运的雄心。他不能做公仆，却可以做一个关心公务的百姓。

省城广州离惠州不远，太守王古是苏轼的朋友。苏轼得知广州常发生瘟疫，他猜想饮水不洁是该城疫病频发的主因之一。于是苏轼写信给王古，要他设一个专项建立公立医院，学他在杭州的办法。要知道广州其实也像杭州人一样，只要饮水清洁，就不会有这些问题。

苏轼到惠州，带去了侍妾朝云，他在惠州留下的故事处处都有朝云的影子。在很久之后，他和朝云在白鹤峰的住所被人恭恭敬敬地辟为“朝云堂”，用作怀念。他的侍妾王朝云是杭州人，与苏轼的相识正是在杭州。续妻死后，只有朝云一直跟随着苏轼，不论甘苦都陪着他。在秦观的眼里，朝云美如春园，眼如晨曦，人如其名，确是有朝云之姿。

朝云比苏轼小很多，到惠州时，苏轼已有五十七岁了，但朝云只有三十一岁。她聪明、愉快、活泼、有灵气，苏轼一生遇到的女人中，她似乎最能了解他。她敬仰这位大诗人，在思想上尽量和丈夫保持一致。朝云年轻，爱开玩笑，还喜欢给苏轼讲笑话。境遇再苦再难，她都是一口一个“苏学士”。欢喜之间，日子过得有滋有味。

在苏轼心里，朝云就是他的“天女维摩”。在惠州，苏轼曾写了两首诗词送给朝云。苏轼这一生遇到的三个女人，都是一等一的好女人。王弗陪他走过了第一段旅途，王闰之伴着他种田织布，朝云陪着他直到生命的最后一天。

第一首词是他抵达惠州两周内写的：

白发苍颜，正是维摩境界。空方丈、散花何碍。朱唇箸点，更髻鬟生彩。这些个，千生万生只在。

好事心肠，著人情态。闲窗下、敛云凝黛。明朝端午，待学纫兰为佩。寻一首好诗，要书裙带。（《殢人娇》）

到了惠州，苏轼的书房以“思无邪斋”命名。学者选择书斋的名字通常都用一两个字表现他的人生观，如今苏轼不但信仰简朴的生活和无邪的思想，而且相信“思无邪”是简朴生活的基础。

苏轼一到惠州就说要在此处安居，但他其实根本不知道自己下一步会被贬到什么地方。若要一直住在惠州，他就想先造一栋房子，叫子孙都从宜兴搬来住。绍圣二年（公元1095年）九月，皇室祭告先祖之时，按惯例是要大赦天下的。可惜一直等到年尾，才传来消息，说元祐大臣并未得到此次特赦。他写信给程之才说：“也许我这辈子都回不了京师了，也许一生就要在岭南终老了。”

苏轼写给曹辅司勋则是：“特赦里没有我们这些人也好，至少安稳待在这里不用奔波，可以随心游历，这样的生活也能过下去。”既然一切都确定了，他决心建一栋房子安定下来。下半年他写了一封长信给王巩：“到这里都已经八个月了，几乎只和家里人来往。想着抛却人情世故，能够让自己放轻松。我的儿子也是怡然恬淡，不受影响，看来的确是像我的性格。命运就这样了吧，这辈子也不要想着能回去了，明年就踏踏实实地在惠州建房子，落地生根吧。”

因为做了这个打算，所以第二年三月份苏轼就选了一处空地开始建房子了。这是一处在河东小丘的地段，离归善城墙不远。几经时光洗礼，苏轼建的那所房子到今天依然在，后人称为“朝云堂”，而在苏轼的诗词里叫作“白鹤居。”这房间地理位置十分巧妙，坐在房间里可以看见河流北面和东北面的景致。苏轼在这里还建了另外一处房子，取名叫“思无邪斋”。不仅如此，位于在白鹤峰上，他还给自己建了一处厅堂名叫“德有邻堂”。一听这名字就能明白，哪怕是此时，苏轼依然相信着：“德不孤，必有邻。”

绍圣二年（公元1095年）七月五日，对于苏轼来说是一个痛苦的日子。那时候他监督着施工的新居快要完成了，他还在想着能让朝云早些住进去。但那时惠州瘟疫频发，本就体弱的朝云也染上了瘟疫，她的病情很重，没过多久就去世了。

事出突然，当时苏轼的儿子苏过还在外面买木材并未回家，路途遥远，急匆匆赶回来已到了八月，因此，朝云直到八月三日才得以下葬。

朝云是一位虔诚的佛教徒，到了气息奄奄之际，她苍白的嘴唇还在念着《金刚经》的一道偈语：“一切有为法，如梦幻泡影。如露亦如电，应作如是观。”

苏轼最终将朝云安葬在了城西丰湖边的山脚下，她生前说过自己非常喜欢这里。在朝云的墓后面有一道山溪瀑布流入湖中，坟墓设在幽静的地点，山林左右两边都是佛寺，傍晚的钟声和松林的轻唱隐隐绰绰传来，附近有一座亭台和几间佛寺，鸟雀啁啾。

朝云是虔诚的佛教徒，周边的庙宇庵堂都去过，生性善良爱助人。这一次听闻她不幸逝去，附近各庙的和尚自发筹钱在墓顶建了一座亭阁来纪念她。亭阁纤细小巧，可观朝霞，可览夕照，取名为“六如亭”。

苏轼对朝云的情谊深重，朝云死后苏轼难以释怀，专门为其写了一诗一词以作悼念。其后，苏轼曾写过三首诗描写松风亭附近的两棵梅树。那年十月梅花又开了，曾经的人却不在了，月光下的白梅似乎就是永远闭上了眼睛的朝云。

玉骨那愁瘴雾，冰姿自有仙风。海仙时遣探芳丛，倒挂绿毛么凤。

素面翻嫌粉涴，洗妆不褪唇红。高情已逐晓云空，不与梨花同梦。（《西江月·梅花》）

丰湖是苏轼最喜欢的聚宴场所，朝云死后他不忍再去。他怕触破那些与朝云有关的点滴记忆，他更怕物是人非的痛楚和孤独。

朝云去逝后苏轼一生再未娶妻。次年二月，长子苏迈带着苏过和自己的家眷来到惠州看望父亲苏轼，因为苏轼对次子苏迨期望颇高，希望他准备赶考，所以这一次次子苏迨一家留在宜兴备考之余也能悉心接受父亲的指点。

行至暮年，苏轼慢慢地适应了这里的生活。闲暇之时他写了两行诗描述他在春风中小睡，聆听屋后庙院钟声的情景。谁知道没多久，章惇就读到这段诗，他说了一句："我没想到原来苏东坡在那里过得如此舒服惬意。"于是他又下了一个贬谪的命令。

绍圣四年（公元1097年），正当苏轼自以为晚年可以定居惠州之时，却又突然被贬到海外的海南岛。新居落成刚两个月，移居海南岛的命令就正式下来了，苏轼又要启程了。

第八章

归去也，一蓑烟雨，一世苦乐

心向闲云悠悠然

绍圣四年（公元1097年）四月，苏轼的命运再次开始颠沛流离。白发染霜，孑然一身的他被章惇等再贬为琼州（今海南省海口市）别驾，昌化军（治所在儋州，即今儋县）安置，并勒令不得签书公事。

据说在宋朝，放逐海南是仅比满门抄斩罪轻一等的处罚。

苏轼曾遭遇两次严重的政治迫害，第一次是四十五岁那年因“乌台诗案”而被贬至黄州，一贬就是四年。第二次是在五十九岁被贬往惠州，六十二岁时又被贬至儋州，到六十五岁才遇赦北归，前后在贬时间六年。

苏轼回想一路贬谪，只有在杭州过得最为惬意，当时他还自比唐代的白居易。之后元祐六年（公元1091年），被召回朝。短暂的平静之后，因与当权者政见不合于元祐六年八月被调往颍州任知州。元祐七年（公元1092年）二月又被调任扬州知州，至元祐八年（公元1093年）九月又被调任定州知州。随后便是一路左迁，一路流离，终至流落到儋州。

那一夜寂静沉重，稀疏寥落的星辰钉在夜幕上，极微弱的光就像是苏轼此时的心情。两个儿子非常孝顺，陪伴着老父亲到了广州。在广州，长子苏迈泪眼迷离地向自己的父亲告别，因为这一走，不知何时才能相见。苏过则把妻子留在了惠州，子孙们也交由妻子照料，他要陪父亲苏轼到海南岛去。他要照顾父亲，那里那么偏僻，缺衣少食，他怎么敢放心年迈的父亲一个人在那生活！两人上溯西江，走完几百里到达现在广西的梧州，再南行转到雷州半岛渡海。

五月十一日，苏轼在离梧州不远的藤州（今广西省藤县）与苏辙相会，六月五日，兄弟二人到达雷州（今广东海康）。雷州是苏辙的被贬之地，有生之年，再次相见，两兄弟痛哭流涕。每天苏辙都陪着苏轼谈心说话，到了六月十一日，苏轼不得不离去了。

临行前，苏轼曾写信给朋友：“某垂老投荒，无复生还之望。昨与长子迈诀，已处置后事矣。今到海南，首当做棺，次便做墓。仍留手疏与诸子，死即葬于海外，生不契棺，死不扶柩，此亦东坡之家风也。”

海南岛比蛮荒之地的广东惠州更为偏远。越是到老，苏轼越是吃苦，一生际遇，苦到心凉。

七月二日苏轼抵达儋州。这里果然不适合居住，不仅气候潮湿，浑身瘙痒，夏天闷热时一身酸臭，冬天有浓雾大风，难以抵挡，秋雨期间又是湿气漫天，什么都发霉，人的关节似乎都会生出湿气来。有一次，苏轼甚至在床柱上见到过一大堆死白蚁。“此间食无肉，病无药，居无室，出无友，冬无炭，夏无寒泉。”这是真正的贬居。

独居海南，回首枉然

时光辗转，推动着命运的起伏，苏轼又一次走到了命运的低谷。

元符元年（公元1098年）九月十二日，苏轼在日记中谈到自己的困境。

> 吾始至南海，环视天水无际，凄然伤之曰："何时得出此岛也。"已而思之：天地在积水中，九洲在大瀛海中，中国在少海中。有生孰不在岛者。覆盆水于地，芥浮于水，蚁附于芥，茫然不知所济。少焉，水涸，蚁即径去，见其类，出涕曰："几不复与子相见。"岂知俯仰之间，有方轨八达之路乎？念此可以一笑。戊寅九月十二日，与客饮薄酒小醉，信笔书此纸。

苏轼贬居儋州近三年时间，苏过一直陪伴在他身边。苏过可谓是父亲的良伴，他会帮父亲打理杂事，也会和父亲一起研习诗文，一起作画。在父亲的教导下，苏过很快成为诗人和画家，他的文学作品流传至今。

在岛上，苏轼同样结交朋友，他还制墨、采药，一天下来忙得不行。除此之外，还在儿子的协助下，苏轼收集各种杂记，编成《志林集》。当年苏轼兄弟分注五经，谪居黄州期间他已完成《易传》和《论语说》，如今在海南岛他又完成了《书传》。最杰出的成就是完成了一百二十四首“和陶诗”，他在颍州就开始和这些诗，直到贬居惠州，被迫闲居乡下，他又完成一百余首。到海南后，他完成了最后九首和陶诗。苏轼一生景仰陶渊明，他曾说：“然吾于渊明，岂独好其诗也哉。如其为人，实有感焉。”

春花已落，夏叶未老，弥望满眼的青翠，苏轼虽然隐居，但却不孤独。元符二年（公元1099年）立春，他作一词。

春牛春杖，无限春风来海上。便与春工，染得桃红似肉红。

春幡春胜，一阵春风吹酒醒。不似天涯，卷起杨花似雪花。（《减字木兰花·立春》）

元符三年（公元1100年）正月九日，哲宗驾崩，年仅二十四岁。他父亲神宗有十四个儿子，他只有一个“刘美人”所生的孩子，只可惜幼年就夭亡了。

哲宗的弟弟徽宗继位，这位适合当艺术家的皇帝陛下，会欣赏，有品味，有眼界，但却没有治国的才能。在他死后，为这个国家留下了三十一个拥有继承权的皇子，还留下了几幅优秀画作。另外，还有一个哀颓的朝廷。

徽宗延续了哥哥的施政作为，他重用同一批人，守着同样的政策。不过，徽宗赵佶即位的前几个月，由向太后摄政。那年四月，韩忠彦、李清臣为相，两人掌权之后，开始起复元祐诸臣。苏轼终于有了一丝自由的希望。到了七月，向太后还政给徽宗，但向皇后却一直坚持庇护着元佑党人。可惜时间没能太久，向太后去世了，自此再也无人可以护佑他们了，苏轼也失去了最后的希望。

命运无常，会将人推向未知的际遇。

徽宗即位后，那年五月苏轼被调廉州（今广西合浦）安置。刚过海到雷州一个月，又奉诏授舒州（今安徽安庆）团练副使，被调永州（今湖南零陵）安置。元符三年（1101年）大赦，苏轼终于得到了一个难得的好消息，他获准自由定居了，复任朝奉郎，向北而寻归途。

其实那时苏轼的身体已经大不如从前，比较虚弱，但他不屈的灵魂和人生观不容许他失去生活的乐趣。他在一封信中说："尚有此身付与造物者，听其运转流行坎止，无不可者。故人知之，免忧。夏热，万万自爱。"

病弱是因为有一年夏季来得很早，热度惊人。毒辣的太阳照在海面上，蒸腾而上的湿气自水面上升，熏蒸得他很难受。

也正是因为环境恶劣，他得了痢疾，虽然后来病愈，却也留下了病根。

自那次患疾之后，苏轼就种下了病根。吃饭不消化，夜里睡不着，他还专门写了封信给米芾："一晚上睡不着，端端正正坐床上光喂蚊子了，现在我还不知道今天晚上怎么过呢。"

米芾接到信之后，赶紧送了药汤来。苏轼喝了之后好一些，但依然没有根治。好在苏轼坚持了下去，身体得到了调养。

章惇倒台了，被贬到雷州半岛去了。他的儿子章援九年前是由苏轼亲笔提点的科举第一名，算来应该是苏轼的门生。但是自章惇翻脸报复之后，章援便再也没有提过这件事。如今他的父亲倒台了，章援又担心以苏轼的才能随时会掌权，一旦掌权，报复自己父亲章惇的话，那可怎么得了？

这个章援便写了一封七百字的信给苏轼，很坦白地说那些年不能登门拜访是因为父亲章惇的原因，其他意思他也不敢多提，毕竟章惇得势之时真的是把苏轼逼到了绝境，他只求苏轼能回个信，看看意思，或者见个面，也能让他松口气。

苏轼提笔回信，大意如此："我与你父亲相交近四十多年，虽然中间有不愉快，但也无妨。现在你父亲年事已高，我刚听说他被放逐海岛了，也不知情况如何。那些过去的事，再提也没有什么意义了。我现在的状态也不好，还不知道能活几天，吃不下，睡不着，可能此生也见不到你们这些故人了。信写到这里，实在没提笔的力气了，世事如此，只能是一声叹息了。"

这样一封语气平缓的信，却让章援捧纸而泣，悲从中来。自己的父亲与苏东坡本是好友，苏轼性情大度宽和，更是自己的老师，如今却都落得这样的晚景，除了哭，他也不知道该说什么了。章惇倒台了，命运终于对苏轼露出了微笑。

他可以回去与家人团聚了。回想刚来的时候，绍圣四年（公元1097年），年已六十二岁的苏轼被一叶孤舟送到了徼边荒凉之地海南岛儋州（今海南儋县），遭受这仅比满门抄斩罪轻一等的处罚，苏轼却把儋州当成了自己的第二故乡，"我本儋耳氏，寄生西蜀州"。如今，儋州遍地都是东坡村、东坡井、东坡田、东坡路、东坡桥、东坡帽等等，连语言都有一种"东坡话"。

苏轼才华横溢，照耀着这一片蛮荒之地。他在这里办学堂，许多人不远千里追至儋州向苏轼学习。苏轼来海南之前，宋代一百多年里海南从没有人进士及第。但苏轼北归不久，这里的姜唐佐就举乡贡。为此苏轼题诗：“沧海何曾断地脉，珠崖从此破天荒。”没有苏轼，便没有儋州文化。

返璞归真寻本心

建中靖国元年（公元1101年），向太后已经过世了，五月之后朝廷的动向又不尽如人意。苏轼觉得这种时刻实在不宜离京师太近，决定在常州定居下来。经运河之后，苏轼最终于六月十五日到达常州。

他归来的消息传来，百姓们沿着运河两岸夹道欢迎。这段时日，家人的陪伴让他的身体逐渐转好了一点，此时，他终于可以在船上坐起来与大家打招呼了。

苏轼此时被朝廷任命为一个寺院的管理人，但是家人们都认为苏轼身体不佳，最好辞掉这个职务，好好养身体。到了常州，苏轼每天还是“缠绵”病榻，依然是吃不下，睡不着。整整一个月时间里，他病情反复，最后还是倒在了床上起不来。这时，他心里有一种预感，大限将至了。

苏轼有三个儿子：苏迈、苏迨、苏过，都文采斐然。苏迈，当时任职驾部员外郎。苏迨是承务郎。苏过，字叔党，在苏轼做杭州太守的时候，苏过十九岁，那年，他从两浙路发解参与诗词歌赋考试，但经礼部考试却没被录取。等到苏轼做兵部尚书，苏过担任右承务郎。在苏轼统兵定武，贬谪英州，又贬惠州，迁儋州，以后又不断徙移廉州、永州的这一长段时间中，只有苏过独自一人侍奉苏轼。不论白天夜晚、冬天夏天，苏轼生活中需要的一切，苏过都一人包办，从不感到为难。

虽然是在病榻之上，但是苏轼只要有些力气便很愿意去指点儿子们的学问。苏过写了一篇文章叫《志隐》，苏轼看了以后说：“写得很好，哪怕此时还在海岛，身边全是夷人，我也可以安稳生活了。”那些日子里，苏轼和家人住在常州的好友钱世雄给他租的房子里，钱世雄几乎是天天去看他。其实不仅仅是现在，原来在南方时，钱世雄就一直给他寄药。

苏东坡很珍惜与好友钱世雄的相处时光，只要一觉得身体稍微好一点，就马上写纸条要儿子把钱世雄请过来，两人聊聊天说说话。但是这样的日子没能持续多久，终于有一天，钱世雄兴冲冲地拿着苏轼写的纸条过来陪他，却惊讶地发现苏轼坐不起来了。

钱世雄扶着苏轼的头，让他可以轻松一些说话，只是泪水已经漫上了眼眶。苏家的人都静静地围在床边，一个个低头抹着泪，此时每个人心里都有些预感：苏轼的状况眼看着越来越不好了。

用力地吸了几口气，苏轼才有力气接着说下去：“我在海外把《论语》《尚书》《易经》都做了注解，这三本书稿，我想托付给你。希望你能收好，这些年就不要示人了。过了三十年之后，应该会引起重视的。”

儿子走过去拿出三本书稿，默默地交给了钱世雄。书稿被包裹得很好，苏东坡看了一眼，放心地点了点头。

钱世雄郑重地接了过来，“放心，我会记住的。但是你真的不要急，这病养养就好了。”他一边说着话，一边竟然哽咽了。他知道老友苏轼付出最多心血的书稿就是刚完成的这三本，愿意把书稿托付给自己，是苏轼在这世上最宝贵的托付了。

苏东坡还想回答些什么，却没力气再说了，只得挥了挥手。众人一看，连忙轻轻将他被子扶好，钱世雄一声叹息，也不再说话了，默默陪着老友，看着他。

到了七月十五日，苏东坡的病情恶化了，先是夜里发了高烧，家人照顾了一夜没能退烧，到了早上家人们去给他喂水，发现他一嘴血，牙根出血了。他自己说感觉自身软软的，一点劲也使不上。钱世雄急得到处找医生，他还搜罗来了几种号称有奇效的偏方，但是苏轼拒绝服药，他此时执着地相信自己的医理知识。

一点饭也不肯吃，每天只喝些人参、麦门冬、茯苓熬的药汤。只要觉得有些渴了，他就拿这些药汤当水喝。

七月十八日，苏东坡把儿子们叫到床前。“我这一生从来没有做过坏事、错事，我相信自己是不会进地狱的。我走了之后，让子由给我来写墓志铭，把我和你们母亲葬到子由家的山麓上。”

交代完这些遗言之后，他却慢慢缓了过来，居然可以在床上坐起来，还能在儿子们的搀扶下走几步了。家人们又高兴又担心，怕这是回光返照，又希望病情可以好转。

七月二十五日，苏轼病得越来越重，杭州的老友，维琳方丈赶了过来，整日陪着他。在方丈的陪伴下，他每天说些话，聊些今生来世。他本来慧根极高，所以方丈一直想要他念几句偈语，希望佛法能让他好起来。可是苏轼却淡然一笑：“世间又有哪位高僧能长生不老呢？”苏轼去世前自题画像说：“问汝平生功业，黄州、惠州、儋州。”（《自题金山画像》）

他一生仕途坎坷，屡遭贬谪，政治才干无法施展。四十四岁时身陷“乌台诗案”，险遭不测。晚年更被一贬再贬，直到荒远的海南，食芋饮水，与黎族人民一起过着艰苦的生活。这个二十二岁中进士，二十六岁又中制科优入三等（宋代的最高等）的才子，终究走到了生命的尽头。

七月二十八日，苏轼迅速衰弱，气息不稳。按风俗，家人给他的鼻子上放了一点棉花，来观察他的呼吸。方丈陪在他身边，贴近他的耳朵说：“想你的来生，来生！”

苏轼气息奄奄：“西天也许有，空想前往，没用的。”

钱世雄急死了，他赶紧说：“不管有没有，你多想想，多想想。”

苏轼回了一句：“勉强想就错了。”

钱世雄还想接着说，却发现苏轼眼睛闭了，那点棉花也再不见翕动了。

方丈一声佛号：“阿弥陀佛。解脱之道在于自然，在于不知善而善。”

宋徽宗建中靖国元年七月二十八日，即公元1101年8月24日，苏轼在常州（今属江苏）病逝，终年六十四岁。那一天，苏家哭声震天，常州百姓个个含泪。

苏轼在常州去世后，苏过按父亲的遗愿，扶灵送父亲葬于汝州（今河南临汝）郏城小峨眉山。此后苏过在颍昌（今河南许昌）住了下来。他的性格与父亲很相像，为人耿直喜好清净。后来他在住家附近的湖边上种了几亩竹子，他喜欢在里面读书写诗。他经常拿着父亲的文集在里面看，自名为小斜川，自号“斜川居士”。苏过一生文采虽不如父亲，但性格上行事正直，稳重有礼。

苏过一开始是太原府税监，后来为颍昌府郾城县（今属河南）县令，都是因为法令罢了官，晚年权通判中山府。有《斜川集》二十卷。他的《思子台赋》《飓风赋》很早就在社会上流传。时人把苏轼称为“大坡”，称苏过为“小坡”。苏轼在世时，苏过极为孝顺，苏辙为自己的哥哥有这样的儿子而自豪，所以苏辙经常称赞苏过的孝道，事事拿他作榜样去教导宗族中的子弟。

时光荏苒，朝廷不经意间又换皇帝了。彼时是宋高宗即位，他一向倾慕苏轼的文采人品，一上位便马上追赠苏轼为资政殿学士。为表心意，他还直接把苏轼的孙子苏符封为礼部尚书。不仅如此，宋高宗还把苏轼的文章置放在御案，每天批阅奏折的间隙里都会读这些文章，只要一拿起苏轼文章，宋高宗根本就放不下手。在宋高宗的眼里，苏轼是文章的宗师。这位苏轼的伯乐却在苏轼死后才掌权，不得不说是苏轼的一大遗憾！

宋高宗还亲自写了集赞，派专人赠给苏轼的曾孙苏峤，百般赞誉苏家一门文名赫赫；在朝野之上大发议论，推崇追赠苏轼为太师，谥为“文忠”。即使到了现在天之涯海之角的儋州人们还把苏轼看作是儋州文化的开拓者、播种人。这是一种追思，更是一种醒目的纪念。

人间有味是清欢

斯人已逝，但他留下的妙谈却千年不衰。当时宋朝有一位学者叫章元弼，他很崇拜苏轼。章元弼相貌平常，妻子却十分美貌。据说他的妻子发现他整夜读苏轼的词文，和他说话，他也不理，每次回到房间里就是看苏轼的文章，边看边笑，时而点头，时而微笑，怡然自得，根本不想妻子在一旁打扰。

这位美丽的新嫁娘忍了一段时间后终于忍无可忍，对章元弼说："原来你爱苏轼胜过爱我！"互不妥协的结果就是他们终于离了婚。

后来章元弼对朋友说，他们夫妻反目，全是因为苏轼。

苏轼的魅力之大由此可见一斑。

苏轼听到之后，大声说："幸好我们两家离得不远，哪天约我一次还是可以的。"众人轰然大笑。

因为直率的性格，苏轼受到无数的抨击与构陷，但也因为耿直的性格，他大受欢迎。在做翰林学士时，因为陛下看重，谈完正事之后已经很晚，苏轼因此老是被锁在皇宫里。这时出现了一个特别崇拜苏轼的人，他一直都在想方设法地搜集苏轼的字。后来苏轼才知道，每次他有事随手写给副手的小纸条，那个人都会出十斤羊肉来收。

这事情慢慢传开了。有一天副手说有一位友人询问苏轼一件事，当时苏轼没写纸条子，口头上就直接交代了下去。谁知道到了第二天，副手又来了，问的还是同一个问题。苏轼特别奇怪："昨天我不是已经和你说过了吗？"

副手很无奈但也很坚持，那个人说一定要有书面回复。

苏轼笑了，"行，你告诉那人，今天禁屠。"

另一件事是说《论语》里有一个司马牛，这人和当时的司马光是同姓，是孔子的徒弟。话说有一天在朝堂上，苏轼因为政见不合，直接和司马光吵起来了。苏轼嘴巴很厉害，眼看着司马光说不过了，但是司马光就是不认输，气得苏轼直接甩手走人，冲回家里，对着一脸懵懂的朝云说："真是一头司马牛！活生生的司马牛！"

朝云一下听蒙了，后来才弄明白什么意思，直笑着说："就你苏学士爱起这促狭的名字！赶紧别说了，待会传出去了可就不好了。"

苏轼说："哪里就这么快了，不过就在家里说一说，抱怨一下。"

朝云笑着说："你不知道吗，苏大学士，您金口一开，那吐出粒瓜子都是镶金的，人人传诵，更何况您这起的小名，只怕刚说出来整条街就传开了。"

苏轼大笑："我倒是没想到，我原来还有这等影响力。可惜今天那司马牛不认识我这威力，亏得我和他辩了那么久，白说了也白气了。"两手一摊，分外无奈。

据说苏轼曾经对钱勰称他喜欢以前乡下的简朴生活，尤其是享受乡间美食。钱勰很感兴趣，他很好奇苏轼喜欢的究竟是哪种食物。

苏轼说："比如说我们的晚餐就很简单，白饭一碗，萝卜一根，清汤一碗。我每天只有一百五十钱，买点米和菜，就没钱了。"说完这话没两天，钱勰下了帖子说要请苏轼吃饭，派去的门人把帖子一送，说："主人特意说了将以三白待客。"

这下奇怪了，苏轼根本没有听说过"三白"，不知道是什么美食，于是他带着好奇欣然赴宴，一开宴傻眼了，桌上一碟白花花的盐、一碟白茫茫的生萝卜条，加一碗白生生的米饭。

苏轼问都不好问，这还需要说吗？钱勰拿出来的三样东西都挺白。

苏轼明白过来了，也不点破。两人相安无事，过了一阵，他状若无意地下了帖子给钱勰，声请对方吃"三冇（音同毛）"宴，而且还特意嘱咐了，说自己这"三冇"宴实乃天下难寻，如果错过了，那便再也没有了。

一听这话，钱勰胃口被调起来了，赶紧去赴宴。一到却发现桌上空空如也。

苏轼请钱勰落座，两人对坐半日，苏轼尽是捡些无关痛痒的话说，一张大桌子上面愣是没有人送菜上来。钱勰劝自己慎重，一直忍着没有说话。实在等了太久，也没有菜上来，钱勰终于忍不住了。"苏兄，我肚子饿了，为何没有上菜呢？今天不是让我见识下天下难寻的'三冇'宴吗？"

苏轼一听，马上站起身，郑重其事请朋友快吃：三冇。

"你看盐也冇（没），萝卜也冇（没），饭也冇（没），非三有而何？”

钱勰枯坐半天，饿到胃疼，最后才知道上了苏轼的当，又好气又好笑，只能指着苏轼一顿笑骂。苏过一直都记得，当时父亲把这件事说给自己听时那得意扬扬的样子，就和个小孩子一样。

苏轼爱说笑话，爱开人玩笑，喜欢捉弄人。有一次一个素不相识的文人特意带上了自己亲手写的一卷诗抄，去求教苏轼。苏轼和蔼可亲地让他先读出来。只听那文人一腔热情，读得激情四射，洋洋自得，颇为享受。最后人家读完了，板正笔挺地站好，毕恭毕敬地问苏轼：“大学士，您看我这拙作如何？”

苏轼正襟危坐：“一百分。”

文人听了喜出望外，脸都红了，感觉自己即将扬名文坛了。

苏轼不急不慢又续上了一句：“读得这么好，可得七十分。写的这文章，可得三十分。”

苏轼为官多年，他在策论中不断提出“独立思考”和“公正无私”是好大臣的重要条件，但这两条正是党人最不喜欢的。记得有一次饭后，苏轼在房内踱来踱去。

他刚刚吃了一顿美味，现在心满意足地捧着肚子走动走动，促进消化。忽然他眼睛一眨，问房中的人：“你们猜猜，我这肚子内倒是藏了什么东西？”

一个侍儿歪着头说：“先生肚子里自然是满腹文章。”

另一个侍儿则说：“或者是满腹思想。”

还有一个说是“满腹经纶”，幸好苏轼此时不胖，不然岂不是满腹肥油？

家里人全都猜了一遍，苏轼笑而不语，最后朝云点破了，说：

“学士一肚子的不合时宜。”

苏轼大笑，说：“对！”

苏过还记得当年父亲苏轼说过，祖父苏洵晚年读《易经》，《易传》没写完就去世了，临终前祖父苏洵命令苏轼一定要完成他的遗愿。

苏轼为了完成父亲的心愿，不论是在何地都坚持写稿，先是写成了《易传》，后来又定了《论语说》，哪怕是后来住到了海南，一个人孤苦万分，他还是坚持写完了《书传》。

一生漂泊的苏轼，著作等身，先后写有《东坡集》四十卷、《后集》二十卷、《奏议》十五卷、《内制》十卷、《外制》三卷、《和陶诗》四卷。文人如黄庭坚、晁补之、秦观、张耒、陈师道，苏轼在他们未扬名时对他们也是以朋友相待，从来都是提携与赏识。

苏轼死后二十五年，北宋灭亡。这位中国文学史上最著名的文学家，逝去之时，心里牵挂的依然是自己费尽精力的雪堂菜地。做高官的乐趣，对苏轼而言似乎不大。他在一篇笔记中谈及苦与乐，说：“乐事可慕，苦事可畏，皆是未至时心尔。及苦乐既至，以身履之。求畏慕者初不可得况，既过之后复有何物。此之寻声捕影系风迩梦尔。此四者犹有仿佛也。如此推究，不免是病，且以此病对治彼病。彼此相磨安得乐处。当以至理语君，今则不可。”

他一生有过三个女人，三个儿子，陪伴他的女人都是真心侍奉他，儿子儿媳孝道周全，苏家家风井然。

对于苏轼来说，他一生的悲欢难以述说。他有朋友，有知己，却一生为小人所累，报国无门。大半生颠簸于贬谪的路上，风霜雨雪，不经意间走遍了大半个中国。他见过北方的雪，看过南方的风，听过蜀地的竹笛，还尝过海边的风浪。才情盖世，饱受打压，换作一般人早已崩溃，他却活成了最自在的东坡居士。

如刘辰翁所言：词至东坡，倾荡磊落，如诗，如文，如天地奇观。

后记

苏轼，字东坡。生于宋仁宗景祐三年（公元1037年），逝于徽宗建中靖国元年（公元1101年）。在他逝世25年之后，金人彻底征服北宋。

苏轼成长的时期，正是北宋政治最为开明之时：仁宗当政期间。一个人的命运与他所降生的时代息息相关，而苏轼成长于一个政治开明的时代，当其学富五车之时，又幸运地投身于神宗在位时期。只是他却最终折翼于哲宗当政期间。哲宗在位时，他一再被贬谪。他的一生因诗文而被后人熟知，他的一生也因诗文而一再受挫。

苏轼的人生轨迹正对应着整个宋朝的由盛入衰。在他青年时期，整个朝廷正是贤臣济济，到他的人生暮年，贤臣不是凋零，便是去位。

能彻底打败一个强大的王国不在于外敌，而在于内耗。北宋贤明儒臣遭到第一次迫害后不久，至第二次党争之时，愚痴的童子帝让整个北宋朝廷从此贤臣死伤殆尽，忠臣不是在党争中获罪被杀，就是在流放之路上选择弃世。

没有一个朝代的兴亡如此惨烈。苏轼用诗人的敏感，用哲人的逻辑，无数次用自己的仕途去抵抗一个狂妄之辈的独断专行，但苏东坡付出的是人生，中国付出的却是一个时代的终结。

苏轼与王安石谁也没有活到看到自己政治主张起效的那一天，苏轼没等来新政下五谷丰登的年月，却亲眼见证了农民只能背井离乡的惨状。他们要逃离被官府硬逼着借的款项，如果不逃就只能拘捕入狱。苏轼只能观望，却无法从根本上拯救整个国家，党争之祸已经到了不顾国家生死的程度。若非同党，再有心为民谋福祉也难以实现。苏轼死后，他的名字被第一个刻在元祐党人的碑上，在此碑上之人共有三百零九人。此碑上之人及其子孙永不得为官，皇家子女不得与其通婚，即使已有婚约也应马上取消。全国各县树立此碑以作警醒告诫。这些宵小之辈所立的碑却在几百年后成了那些碑上之人的荣耀，那些人的子孙都以碑上有自己祖先的名字而骄傲。

而“苏轼诗文，落笔辄为人所传诵。禁愈严而传愈多，往往以多相夸”。苏轼死后，宋徽宗为了一篇苏轼的文章可以付制钱五万文的代价。即便是在金人攻下京师，大肆掳掠之时，他还在特意搜集苏东坡书画，一旦见到马上精心保存专门送出。时光是最公正的裁判，苏轼死后，他在世时所写的国事文章无一例外都得到了历朝历代皇帝的格外看重，他的谋国之忠、至刚大勇都成为人们敬仰的理由。其人品世所罕见，其文章浩然有正气。

“大江东去浪淘尽”，史书上记载了苏轼潇洒而随性的自由灵魂，而北宋之后的中国也陷入战火流离之乱。北宋纷繁明丽的《清明上河图》，北宋熠熠生辉的文化进程，自此败落，数百年难现辉煌。

幸好，还留下一个豁达而自由、清醒而睿智的苏轼，为我们记下北宋曾经的吉光片羽。苏轼与我们隔着千年，却住在我们心间。

历史长河滔滔而下，衮衮诸公数不胜数，“大江东去，浪淘尽，千古风流人物”，终至“小舟从此逝，江海寄余生”。那个时代，“一点浩然气，千里快哉风。”毕竟生活并不是你活了多少日子，而是你被记住了多少日子。史书浩瀚，东坡被记载如此，已足矣。

附录：苏轼生平大事记

公元1037年1月8日，苏轼生于眉州眉山城纱谷行，今四川成都南。苏轼，字子瞻，初字和仲，号东坡。祖父苏序，父亲苏洵。苏洵、苏轼、苏辙，世称“三苏”，为唐宋古文八大家其中三家。

公元1054年，苏轼娶四川青神县进士王方之女王弗，并学有所成。

公元1056年，虚岁21岁，进京（即东京汴梁，今天的河南开封）赶考。

公元1057年，考中进士，到公元1069年王安石变法，十多年间主要在京城任职于史馆，当然实际上没干几年，因为期间他的母亲、妻子王弗、父亲先后去世，服丧守孝近6年。

公元1061年，参加制科考试，中第三列三等。除大理评事，凤翔府签判。11月与弟苏辙别于郑州，作《和子由渑池怀旧》。12月到任。

公元1068年，续娶王弗堂妹、王介幼女王闰之为妻。冬季与苏辙携家赴汴京，途中在长安度岁。

公元1071年，因上书反对变法，被革新派排挤出京城，外放任杭州通判。

公元1074年，改任密州，现山东诸城。纳妾王朝云。同年王安石罢相。

公元1076年，改任徐州，现江苏徐州。作《水调歌头·丙辰中秋》。

公元1079年，改任湖州，现浙江湖州，被冤狱。

公元1080年，出狱，被贬黄州，现湖北黄冈。任团练副使，相当于现在农村的民兵队副队长。职位相当低微，以至生计不能维持。也就是在这种情况下，苏轼写出前后《赤壁赋》，著名的《念奴娇·赤壁怀古》。

公元1084年，改任汝州，今河南地界，但因路途遥远，旅途劳顿，苏轼的幼儿不幸夭折，苏轼请求后改任常州，未到常州，宋神宗驾崩。王安石改革派被打压，司马光为相。

公元1085年，主管登州，今山东蓬莱。之后被召回朝。但又因上书反对司马光全部废除新法，又遭排挤。

公元1089年，再度自求外调杭州赈灾。

公元1091年，三月被召入京，任翰林学士，知制诰，兼侍读。还京时绕道视察湖州、苏州水灾。八月出知颖州军州事，今安徽阜阳。

公元1092年，改任扬州，今属江苏。

公元1093年，在京任端明殿学士，左朝奉郎、礼部尚书。八月，妻子王闰之逝于京师。九月出知定州军州事。

公元1094年，被贬惠州，今广东惠州。

公元1097年，再贬到儋州，在今海南。

公元1101年8月24日，遇赦北返途中卒于常州，葬于汝州郏县，今河南郏县，享年64岁。